講談社文庫

やがて海へと届く

彩瀬まる

講談社

目次

やがて海へと届く

1

金曜日のお昼に、血液検査をした。よりによって勤め先の健康診断の日にインフルエンザで寝込んでしまい、快復後に一人だけ近くの病院で受けることになったのだ。針が苦手なので、血が吸い上げられる間は顔をそらしていた。刺されているときはあまり痛くなかったのに、なんの具合が悪かったのか、病院を出てしばらく経《た》っても絆創膏《ばんそうこう》を貼《は》った傷口の熱が引かなかった。肘《ひじ》を曲げるたび、鈍《にぶ》い痛みが腕の芯《しん》へと絡みつく。

夕方、職場の更衣室で制服に着がえていると、絆創膏の白いパッドの表面まで血が染《し》み出して固まっているのに気づいた。出血は止まったようなので、糊《のり》が付いた茶色い部分をひっ掻《か》いて剥《は》がしてみる。

驚いた。輪郭《りんかく》の冴《さ》えた赤黒いあざが、べっ、とアクリル絵の具を塗りつけたような存在感で肘の内側に浮かび上がっていた。大きさは人差し指の先を親指の関節に当てて、わっかを作ったぐらい。色合いが果物の傷《いた》んだ部分に似ていて、ついまじまじと見てしまう。自分の体にこんな不気味な色の部分ができるなんて、いったいいつ以来だろう。見なければぼんやりと痛がゆいぐらいなのに、一度見てしまうと妙に痛みの鋭さが増す。

大げさで迫力のあるあざに見とれながら、唐突《とうとつ》に、私には体があるんだと思い出した。少し加減を間違えるだけで傷がつき、強い力がかかればだめになる、有限の。ゆうげん、なんて単語は滅多《めった》に考えない。私の暮らしだと、限りを意識するのはせいぜい食材の賞味期限くらいだ。普段考えないことは心細い。なので、突風にあおられるようにすみれに会いたくなった。

すみれ、すみれ、と叫びたい気分で丸めた絆創膏を捨て、新しいシャツを着る。髪をまとめ、黒い細めのベストを着込み、最後に扉のそばにかけられた鏡を覗《のぞ》いた。私は叱《しか》られた子どもみたいな口元のゆがんだ顔をしていた。けれど大人なので、なにかに当たり散らしたりはしない。

従業員用の狭いエレベーターに乗り込み、更衣室のある二階から十五階まで、足の裏に負荷を感じながら一気に上がる。私は都内のホテルの最上階にあるダイニングバーに勤めている。営業時間は夜の七時から翌日の二時まで。宿泊のお客も来るし、外からのお客も来る。

店では、カウンターの周りにスタッフが集まっていた。ミーティングが始まり、ダークカラーのスーツを隙《すき》なく着込んだ店長が連絡事項を伝える。店長は楢原《ならはら》さんという顔つきがヤギに似た四、五十代の穏《おだ》やかな男性で、垂れ気味のやさしい目をしている。最後にスタッフ全員で挨拶《あいさつ》とお辞儀の角度を練習し、それぞれの持ち場へ分かれた。三十分ほどで開店時間となり、店内に音楽が流される。私は他のスタッフと一緒に入り口へ並び、いらっしゃいませ、と声をそろえて開店直後にやってきたお客を迎えた。

店を開いたばかりの時間帯には二人連れの男女が多く、時間が経つにつれて同性同士や二次会らしい集団、一人のお客が増えてくる。フロア担当の私は、泳ぎを止めると窒息してしまう魚のように一晩中店内を歩き続ける。他のスタッフと目線を交《か》わしつつ新規の客を誘導し、注文を聞き、厨房《ちゅうぼう》に届け、カウンターで飲み物やデザートを作り、温かい皿をテーブルへ運び、追加のお酒を注いでお会計をする。

夜が深くなり、楢原店長がさりげなく店内音楽を雨垂れのようなピアノクラシックから、アコースティックギターが鼓膜をくすぐるやらしい感じのジャズに変えた。店の空気がとろりとにごり、時間の感覚が遠ざかる。選曲一つで空間の肌触りが変わり、お客同士のしゃべり方や、集まりの親密度まで変わっていく。

時々、お客が去ったあとのテーブルを片付けて顔を上げる瞬間なんかに、この店はまるでほどよく手入れのされた水槽みたいだ、と思うことがある。ほどよく、というところが大切だ。艶《あで》やかな金魚が乱舞するアートアクアリウムのように、美しさや精密さで人を圧倒したり、吸い寄せたりする力はない。けれどほどよく水草が茂り、ほどよく水温が保《たも》たれた、たとえばそばの川からすくってきたメダカがつつがなく卵を産んで代を重ねていけるぐらいの心地よい秩序と安穏がこの店にはある。

「こう、コツとかあるんですか。選曲の」

少し注文に間が空いた隙に聞いてみると、檜原店長は心もち首を傾けた。

「コツってほどじゃないけど、僕が金曜の夜十時にホテルのバーに来るとしたら、どんな曲がいいかってのは考えるな。一緒にいるのは女か男か、仕事相手か友達か。それとも一人でぼーっとしてるのか。フロアにどういうお客が多いかざっと確認して、一番なじみの良さそうなアルバムをかける。あと、うちの店なら宿泊客が多いか、それともホテルの外から来た客が多いかも判断のポイントだね」

「なんだか難しそうですね」

「やり始めればただの習慣になる。自分の仕事じゃないから難しそうに見えるだけだよ」

まあ僕も他の店長に教わったんだ、と少し照れくさそうに言って、店長はキッチンへ入っていった。私もスタッフを探すお客の目線に気づき、足音を立てずにそちらへ向かう。注文が続き、しばらくはなにも考えずに時間が過ぎた。

休憩から戻った他のスタッフに肩を叩《たた》かれて我に返る。時計は零時を回っていた。交代してフロアを抜け、名札を外して一息つく。

自販機が並ぶ休憩所のテーブルでパックの野菜ジュースを飲んでいたら、キッチンリーダーの国木田《くにきだ》さんがやってきた。

国木田さんは体が大きい。がっしりとした首や顎《あご》、大きく鼻の張りだした精悍《せいかん》な顔立ちがなんとなくライオンっぽい。休憩所でもミーティング中もむっつりと黙っていることが多いので初めはとっつきにくかったが、単純に口数の少ない人なんだとわかってからは気楽に接せられるようになった。今年二十八になった私よりも、四つか五つ年上だと聞いている。

「見てくださいこれ」

シャツの袖《そで》をめくって見せると、煙草《たばこ》をくわえた国木田さんはテーブルに身を乗り出した。店のキッチンスタッフはみな髪を黒色のバンダナで押さえているので、まるでオールバックにしたように広めのおでこが剝《む》き出しになっている。肘の内側を覗き込み、いまだに黒々と色の沈んだあざを見て顔をしかめた。

「すごいなこりゃ」

「でも見た目ほど痛くはないんですよ」

「血液検査か？」

「はい」

「止血がうまくいかなかったんだな」

驚かれたことに満足して袖を戻す。同時に、なんだか私いま子どもっぽいな、と思う。痛いとか、気持ちがいいとか悪いとか、子どもが起こったことを親に報告するように、自分のなかで持てあました感覚を口に出して、他の人に持ってもらおうとした。すみれとよくしていたことを、手近な誰かとなぞりたかったのかもしれない。甘えている、と反省しながら、テーブルに重だるい右腕を伸ばした。見た目ほど痛くはないし、仕事の間は手元に集中しているのであまり意識しない。けれど大皿を重ねて運ぶときなんかに、痺《しび》れるような不快感が走る。自分の体なのに、痛いのか、痛くないのか、だんだんよくわからなくなる。生理のときの、悪寒《おかん》をともなう腹痛に似ている。

すみれ、とまた脈絡なく頭の中で名前がひらめく。今日はなぜか彼女の名前が離れない。あの子なら、このあざを見てなんと言うだろう。痛い、と顔を歪《ゆが》める気がする。痛いのは私なのに。

紙コップのコーヒーを飲み、国木田さんが思い出したように言った。

「そう言えば、さっき店の入り口に、前に湖谷《こたに》としゃべっていた男がいたぞ」

「はい？」

「ひょろっとした、目尻にほくろがあって、少し俳優みたいな雰囲気のある」

思い当たるのは一人しかいなかった。休憩時間はあと五分残っていたけれど、私はジュースを飲み干して店へ戻った。

入り口に探し人の姿はなかったため、身だしなみを整えてフロアへ向かう。客が去った後のテーブルを片付けながら薄暗い店内に目を凝《こ》らした。

カウンターの隅《すみ》にひっそりと座る、スーツ姿の男の横顔が、夕方の月のように白く浮かんで見えた。

「遠野《とおの》くん」

振り向いた顔は、まぎれもなく遠野敦《あつし》だった。削《そ》げた頬《ほお》がうっすらと青い。みずみずしく濡《ぬ》れた目は夜の海に似て、見ていてどこか不安になる光り方をしている。学生の頃から変わらない、翳《かげ》りのある甘い顔立ち。右の目尻にぽつりと点《とも》った泣きぼくろ。ひと月前にすみれの実家で会ったときよりも、心なしか疲れているように見えた。

「どうしたの」

「うん、湖谷、ちょっと」

「仕事中だから」

探していたのに、招かれるとつい拒《こば》みたくなる。知らないうちに足をすくわれそうな雰囲気が彼にはある。遠野くんは顔をしかめるようにして少し笑い、上がり何時だっけ、と聞いた。

「三時くらい」

「向かいのファミレスで待ってる」

「わかった」

ドリップコーヒーとベークドチーズケーキを静かに味わい、かつての同級生は店を出ていった。

日射しを溜《た》めた麦わら帽が、目の前で白く光っている。

もっと歩く？　と振り返るすみれの顔は、若い。まだ大学二年生で、目鼻や頬のラインが丸みを帯びた、あどけない顔立ちをしている。彼女の動きに合わせて背中の真ん中まで伸びた黒髪がさらさらと流れる。白地に青い花がたくさん散ったワンピースとミントグリーンのスニーカーがよく似合っている。私はこめかみから汗が伝うのを感じながら、少し意地になって答えた。

「歩く」

そう、とうなずき、すみれは坂道を見上げた。舗装された細道が、点在する民家を結ぶようにうねうねと蛇行し、青々とした山の端《は》へ吸い込まれていく。アスファルトは照り返しがきつく、長く見つめていると目が痛んだ。もう少し上ると山中の神社に着くらしい。

山を背負った海辺の温泉街は、夏休みだというのに人影がまばらだった。ほとんどの観光客は駅前のバス乗り場から近隣のテーマパークや水族館に直行するようで、駅周辺を離れると、町には地元民らしい老人や子どもしか歩いていない。

「イルカ、いいの？」

先を歩く背中へ聞く。こちらを見ないまま、すみれは首を左右に振った。麦わら帽の端《はし》から光がこぼれる。

「他のところでも見られるからいいよ」

「そっか」

なんか歩きたい、と私がここへと向かう電車の中で言ったのだ。じゃあ歩こうか、と炎天下にひるむことなく、すみれは平然とうなずいた。宿に荷物を置き、財布だけバッグに入れて町へ出た。駅前の商店でリボンのついた安っぽい麦わら帽を二つ買う。私が青いリボン、すみれが白いリボンのものを選んだ。

「歩くの好きよ」

坂の途中で足を休めながら、すみれは穏やかな声で言った。うん、と私は甘やかされた子どもの気分でうなずき、強《こわ》ばった足首をくるりと回した。

旅行の少し前に、私は二ヵ月ほど付き合っていた男の子にふられた。大学の同じ学科の同級生で、新歓コンパで顔を合わせてから一年以上も片思いをしたあとに私から切り出した交際だった。

なんか、思っていたのと違って、やっぱり友だちに戻った方がいい気がする。そう弱々しい声で、小学生に英語を教えるボランティアサークルに所属している、ノートを取る横顔が凛々《りり》しくて素敵だった彼は言った。私は何度か首を振り、首を振り、けれどだんだん体の内側が砂のように乾いていくのを感じて、仕方なくうなずいた。

大学のカフェテリアで事の次第を打ち明けると、すみれは「思っていたのってどんなだったんだろうねー」と歌うように言って首を傾けた。苦い笑いを含んだ目元は、傷つかなくていい、と言ってくれているみたいだった。私もつられて口角を上げ、「ねー」と向かい合った彼女と同じ方向に首を倒した。

坂を上り続け、やがてこんもりと樹木が茂った山すそへ辿《たど》りついた。舗装された道と左右に分かれるかたちで、踏み固められた土と木の杭《くい》で作られた遊歩道が始まり、雑木林の奥へと誘《いざな》う。神社の名が刻まれた立て札を確認し、山道へ入った。木陰はいくらか呼吸がしやすい。蟬《せみ》の声が高くなる。

本当は、と黒い土を踏むスニーカーの爪先を見つめて思う。なんか思ってたのと違う、と私もうすうす感じていたのかもしれない。爪を嚙《か》む癖《くせ》が目についた。バイキングに行くと好きな料理を手当たり次第に皿へ盛りつけ、そのくせ悪びれずに残すところが幼稚に思えた。子どもが好きなのかと思っていたら、ボランティアサークルは就活のためにやっているのだとあっさり答えた。きっと同じような、かつんかつんと引っかかる、彼にとっての「なにか違う」が、私の方にもたくさんあったのだ。

山の中の神社は鳥居の塗装が剝げてぼろぼろになっていた。お稲荷《いなり》さんを祀《まつ》っているらしく、社殿のそばで苔《こけ》に覆《おお》われた狐《きつね》の石像がゆったりと尻尾《しっぽ》をふくらませている。賽銭箱《さいせんばこ》に小銭を入れて手を合わせた。祈ることも思い浮かばなかったので、まぶたの裏の暗闇に意識を向ける。

お参りを終え、参拝客用の木のベンチに座って休憩する。ふう、と気の抜けた声を上げてすみれは足をさすった。

「だいぶ上ってきたね」

「うん」

「お、海が見える」

途中で買っておいたペットボトルのミネラルウォーターを回し飲みする。ど、と全身から汗があふれて気持ちがいい。土の匂《にお》いがする薄い風が、湿った首元を撫《な》でていった。

「別れて、ちょっと、ほっとしたかも」

すみれはこちらを向いた。木陰にいるせいか普段よりも黒目の色が濃く、濡れて見える。

「じゃあ、落ち込むことないじゃん」

「でもー、でもさー」

頭を抱えて悩んでいると、すみれは少し呆《あき》れたように笑った。

「なによ」

「こわいよ」

「なにが」

「付き合うまで、すごく好きだったのですよ。あの子のこと」

「うん」

「でも、ほんとにつまんないことで、あ、違うってなったの」

「はいはい」

「で、さらによーく考えてみると、横顔とか、なんのサークルに入ってるかとか、すごく上っつらのつまんないことで好きになってたの」

「上っつらって大事じゃなーい？」

「私もうハタチなのに、ちゃんとした恋って、したことないのかもしれない」

生ぬるい相づちを無視して言い切ると、胸がすっとした。どうだ、と勇《いさ》んだ気分で顔を向ける。すみれは煮え切らない様子で口をとがらせていた。

「ちゃんとした恋って、どうしてもしなくちゃだめかな」

まさかそんな返事が来るとは思わず、私は目を丸くした。

「えー、だめでしょ。老後に一人とかいやだし」

うーん、とうなりながら眉間《みけん》にしわをよせ、すみれは少し間を置いて、ゆっくりと口を開いた。

「父方の叔母さんがね、なっちゃんって呼んでるんだけど。いい人なのよ。やさしいし、トンボの目の回し方とか、オシロイバナの種の取り方とか教えてくれたし」

ちょっとまぬけな感じの親戚だな、と思いながらうん、と相づちを打つ。

「なっちゃんこの間、十年ぐらい連れ添った旦那《だんな》さんを事故で亡くしたの。子どもはいなかったから、まだ良かったんだけどさ」

なにが良かったのかの実感が伴わない、ただ周囲の口ぶりをなぞったような言い方だった。言い終えると、すみれはうまく言えなかったとばかりに首を傾《かし》げて唇《くちびる》を噛んだ。間を空けて、また口を開く。

「だから、たとえラブラブで結婚しても、一人になるときはなるじゃない。事故じゃなくても、病気とか、離婚とか、いろいろ。だから、どうしても一緒にいたいって人に会ったならともかく、そうじゃないなら、無理して誰かと一緒にいなくてもいいと思う」

「でも、その旦那さんは叔母さんのことをものすごく好きなまま死んだわけでしょう」

「うーん、そうね」

「この世で一番好きな人は、って聞かれたら、きっと旦那さんは叔母さんを選ぶ」

「まあ、たぶん、うん」

「そんな風に私のことを深く深く愛して、たとえば死後に神様から『特別な誰かを一人選びなさい』って言われたら、真っ先に私を選んでくれる人が欲しい」

目を丸くして、フカクフカク、とすみれは呪文《じゅもん》のように復唱した。私はうなずく。

「フカクフカク。世界中で、私のことだけを選んでくれる人。そして私も、同じ質問をされたらその人だけを選ぶの」

口を動かしながら、私はこんな大げさなことを考えていたんだ、と少し驚いた。でも、言葉にしてしまえばその通りだった。このまま、誰とも深い関係を結ばずに生きて死ぬのはおそろしい。まるで真っ暗な夜の海に一人でぽーんと投げ出されるみたいだ。たった一人でも心が繋《つな》がっていると確信できる相手がいるならば、この広大でとらえどころのない生きる時間、更には想像もつかない死後の暗闇に、きらめく蜘蛛《くも》の糸のような拠《よ》り所《どころ》を見いだせる気がする。おそろしい場所や孤独な場所に取り残されたとして、きっと私を迎えに来てくれるだろう、と信じられる人が、欲しい。

ひと休みをして、足がだいぶ楽になった。山道は神社から更に奥へと続いている。

宿の夕飯の時刻までまだ間があったので、もう少し歩くことにした。

立ち上がって山道を再び歩き出してからも、すみれは時々考え込みながらフカクフカク、と呟《つぶや》いた。フカクフカク、フカクフカクか。そう、フカク、と私も相づちを打った。言動が軽やかで、いつも余裕のあるお姉さん的な雰囲気で周囲と話しているすみれが、こんな風に内にこもるのは珍しかった。自分の何気ない言葉がそうさせたのだと思えば、少し意外で、少し嬉しい。山の中へと伸びる細道を進む。途中の案内板によると山中をぐるっと回って、また町へと下りていく二キロほどの散歩道があるらしい。

神社までは木の杭で補強されていたものの、そこから先は急に道幅が狭くなった。獣道さながらの踏み固められた土の道が続く。周囲の木々は幹をぐんぐん太くして、枝葉の天井はぐんぐん高くなった。時々足を止め、なんかいいね、気持ちいいね、と笑い合う。大きくて虚《うつ》ろなものにすっぽりと飲み込まれているみたいだ。どこかで川が流れている。けれど水音ばかりで、なかなかその姿が見えない。

密度の濃い緑の回廊を歩き続けるうちに、町の方向がわからなくなった。その上、分かれ道に矢印が見当たらない。片方はここだけ木の杭を打ち込んで作った階段、もう一方はそれまでと同じ獣道。

「どっちだろう」

「うーん」

悩みつつ、こちらだろうと思う方向へ進む。そんな頼りない分岐をいくつか繰り返し、ふと、自分たちが迷ったことに気がついた。

「どうしよう」

体の真ん中で不安が太鼓のように鳴り、だんだん音を強めていく。すみれは特に慌《あわ》てた様子もなく、携帯電話を取りだして画面を覗いた。

「とりあえず、電波は通ってる」

「うん」

「小さい山だし、夏だし、まだお昼だし、きっと大丈夫だよ。下る方向にもうちょっと歩いてみよう。道の感じはしっかりしてるから、どこかの町には出られると思う」

「こわくないの？」

すみれは左右に首を振った。麦わら帽へ落ちた樹木の影がぬらりと動く。

「迷うのも好きよ」

私は迷うのなんか全然好きじゃない。釈然としないまま、飄々《ひょうひょう》と歩き続ける白い背中を追った。

どこかで見えない川が流れ続けている。ぽたぽた、だの、さらさら、だの、明確な水音が聞こえるわけではない。ただなにか、なめらかなものが動き、近づき、遠ざかっていく絶え間ない気配だけを感じる。横の茂みか、それとも斜面の下か、もしかして地中だろうかと目線を巡らせていたら、足もとがおろそかになった。

段差の途中で湿った枯れ葉を踏んで、すべる。とっさにバランスを取ろうと浮かせた右腕を、そばの岩へと打ちつけた。

「わっ」

「どうしたの」

「す、すべった……」

半袖から剝き出しになった腕の側面がひりりと熱い。肘をたわめて覗きこむと岩肌で擦れた箇所の皮膚がささくれ、黒っぽい血をにじませていた。すみれはまるで自分が傷を負ったみたいに顔をしかめた。

「痛い。ちょっと待って」

肩にかけたトートバッグからティッシュを取りだし、ミネラルウォーターで湿らせてからちょいちょいと傷口に付着した砂や汚れをふいてくれた。

「ありがとう」

「いやー、だいじょうぶ？」

「うん、そんなに傷は深くなさそう」

腕を曲げ、伸ばし、異常がないことを確かめる。すみれは顔を曇らせたまま、私の肩をそろえた指で何度か撫でた。痛みをなだめるような仕草《しぐさ》だった。一呼吸を置いて、また連れ立って歩き出す。

「この辺もちょっと濡れてるから気をつけて」

「うん」

「たぶんもうすぐだよ、道が広くなってきた」

うなずき、規則的に足を動かし続けるうちに、前にもこんな風にすみれのあとに続いて歩いたことがあったような、ぼんやりとした既視感に捕らわれた。私と、彼女。それ以外の私たちを包む世界は、私たちにあまりやさしくない。けれど二人であまりこわがらずに、それを辛いとも思わずに、先へ先へと進んでいく。こういうものだった、と思い出す。でも、一体なにがこういうものなのか。

言葉少なになった私を何度か振り返り、ふと、すみれは手を差し出した。私はなにも考えずにその手を取った。手は少し冷たくて、柔らかかった。爪にパールカラーのマニキュアが塗られている。すべらかな手をしっかりと握り、転ばないよう注意しながら足を繰り返し前へ進める。目の前で、花柄のワンピースのすそから覗く白いふくらはぎが、道を示す明かりのようにひらひらと光っていた。

「フカクフカク」

「なによう。子どもっぽいって言いたいの？」

「まさか。ふふ」

喉《のど》を鳴らして、すみれは楽しそうに笑う。声が明るい。

彼女の言う通り、小一時間ほどさまよい歩くうちに私たちは山から出た。辿りついたのは宿のある海辺の町ではなく、その隣の町だった。人里へ出るとほっと肩の力が抜けて、私たちはつないだ手を離した。疲れたねー、とはしゃぎながら目についたファストフード店に入り、コーラで喉を潤《うるお》す。路線を調べ、バスに乗って宿がある隣町へ帰ることにした。

カバーが擦り切れたシートに座ると、糸が切れたようにすみれはうたた寝を始めた。今日一日ですっかり日に焼けた首筋が車体の振動に合わせてかくかくと揺れる。膝《ひざ》へのせた二つの麦わら帽も、同じタイミングで軽やかに弾《はず》んだ。

それから私には卒業まで彼氏ができず、すみれは三年の冬に「付き合うことにした」と言って遠野くんを私に紹介した。顔は確かに綺麗だけどなんだか繊細すぎる感じで、私は彼を見てもまったく触れたいとは思わなかった。こんなにもすみれと私は別の人間なんだな、と言葉には出さずに驚いた。

すみれと同じギター同好会に入っていた遠野くんは、キャンパスのそばの公園で、カラオケ代わりによくその時どきの流行歌を弾《ひ》いてくれた。私たちは黙って耳を澄ませていることもあれば、歌うこともあった。お酒が入っているとよく歌った。すみれの声は高く、私の声は少し低かった。歌うのは苦手だから、と遠野くんは一度も歌わなかった。

片づけが長引いて、退勤できたのは三時半を過ぎた頃だった。

来週、楢原店長が異動でこの店からいなくなる。私の勤め先の本社はヨーロッパから酒類を輸入している会社で、このダイニングバーのように自社で輸入した商品を卸《おろ》す店舗を関東圏に十数店経営している。楢原店長はこれから都内にオープンする新店舗の立ち上げに携わるらしい。

他のスタッフが帰されたあと、キッチンリーダーの国木田さんと、二人いるフロアリーダーのうちの一人である私と、もう一人の安達《あだち》さんという品の良い五十代の女性が呼び出されて今後の引き継ぎをした。楢原店長と国木田さんは正社員、私と安達さんは準社員だ。楢原店長はとてもやさしく、いつでもそっと背中を支えてくれる大樹のような人だったので、いなくなってしまうのはさみしかった。

次にもいい人が来てくれるといいね、と制服を脱ぎながら更衣室で安達さんと語りあう。安達さんは、このバーのオープン当時から八年も勤め続けている古株だ。もう何人も店長が代わるのを見てきたという。歴代の中でも特に楢原店長は人当たりが良かったから、次に着任する店長はスタッフがなつきにくくて大変かもね、と苦笑いをしていた。服を着がえ、メイク崩れを直し、お疲れさまでしたと声をかけ合って退勤する。

もう帰ったかと思っていたものの、遠野くんは約束したファミレスの窓辺の席でコーヒーを飲んでいた。心ここにあらずと言った風で、気配が薄い。白磁で作った人形のように、感情の抜けた透きとおった表情をしていた。

私に気づいて顔を向け、ゆっくりと瞳に人間らしい色合いが戻る。

「お待たせ」

「うん」

「甘いもの食べていい？」

「どうぞ」

店員に抹茶アイスがのったパフェを注文した。冷やされすぎて固くなったデザートが届くのを待って、目を合わせる。

「それで、どうかしたの」

「引っ越すことにしたんだ。職場の近くにいい物件を見つけて」

遠野くんはスニーカーやバスケットシューズなどの運動靴を扱う靴のメーカーに勤めている。大学のキャンパスで背中を丸めてぶらぶらしていたり、近所の土手で昼間からビールを飲んでいたり、そんな姿ばかりを見ていた私は、未《いま》だに彼が人に頭を下げている姿をうまく想像できない。

ふうん、と相づちを打ち、まるで溶ける気配のない抹茶アイスへスプーンを突き立てた。深緑色のかけらが薄く薄くスプーンのふちに溜まっていく。遠野くんは私の手元を見たまま続けた。

「俺のところにあるすみれのものは、ぜんぶ処分する。引き取りたいものが無いか、いちおう湖谷にも立ち会って欲しい」

すうっと周囲から音が無くなった。

それで、急で悪いんだけどこのあと付き合ってくれないか。確か土曜は休みだって言ってたよな。しゃべりながら、二つの瞳がそっと私の顔を覗く。パフェの容器にそえた左手の人差し指が冷たい。

なにか言わなければいけないのに、なんにも出てこなかった。すみれが帰ってきたときに困るよ、悲しがるよ。まだわからないし、だから、だいじなものだけ段ボール箱に詰めて持っていきなよ。そんなにかんたんに捨てられるものじゃ、ないでしょう？　シャボン玉みたいな、きれいな代わりにもろい思考が次々と浮かび、舌の付け根で砕《くだ》けていく。ファミレスの店内は白々《しらじら》と明るい。それなのに目の眩《くら》むような真っ暗闇が、視界を少しずつ狭めていった。

「わ、かった」

つっかえながらも、しぼり出すように了解した。わかった。わかった。私たちはもう、三年も同じ話を繰り返してきたのだ。わかった。目を合わせずになんどかうなずくと遠野くんはもの言いたげに唇を動かし、けれど結局なにも言わずにコーヒーをすった。私はようやく溶け始めた抹茶アイスにスプーンを差し入れる。退勤間際はあんなに甘いものが食べたかったのに、いざ口に含むと舌に広がるのは冷たさばかりで、あまり味が感じられなかった。

通路を挟んだ隣のボックス席では、大学生らしい男性の四人組がフライドポテトをつまみながら雑談をしていた。どうやら四人とも同じサークルに所属しているらしい。もっと遊べると思ってた、彼女欲しい、飲み会代高いね、始発まだかな。そんなテンポのよい会話を聞くうちに、真っ暗になった意識の片隅が引きつれるように波立った。唇の両端がじわりと持ち上がる。

私たちだってほんの数年前には、彼らと同じような会話をしていたのだ。だらりと崩れた姿勢で椅子《いす》に座り、カラオケやファミレスでじゃれ合いながら、ただ時間が過ぎるのを待っていた。講義かったるい、こないだすごいもん見ちゃった、ねえねえあいつがあの子に告ったらしいよ。だらだらと頭の中身を漏らし合う快感を思い出し、シャツの袖口のボタンを外す。

「ねえ、見てこれ。ひどい目に遭っちゃった」

布地を肘までたくし上げ、色濃いあざを露出させる。遠野くんはひと目見て顔をしかめた。

「痛い」

「そんなに痛くないよ」

「どうしたのそれ」

「健康診断の血液検査」

「ふーん。こんな風になっちゃうこともあるのか」

不思議そうに腕の内側を覗き込み、やがて遠野くんはそろえた指でそっとあざの表面を覆った。

「なにしてるの?」

「だってこれ、うっ血だろ? 温めたら血行がよくなって、早く消える」

「そう」

痛みをなだめるように触れる手つきが、すみれとまったく同じだった。

うつむいた視界がゆらりと歪む。湖谷? と呼びかける声が遠い。真奈《まな》、と耳になじんだすみれの声に覆われる。当てられた手がカイロのように温かい。どうしてだろう。どうして、断ち切るような明快さで流れ去ってはくれないのだろう。傷口から膿《うみ》がにじみ出すように、じくりと甘い未練が湧《わ》く。どうしてもどうしても、また会いたいと願ってしまう。

抹茶アイスが完全に溶けきり、傾いたスプーンがパフェグラスの縁で音を立てるまで、私はなにも言わなかった。遠野くんはあざに片手をのせたまま、ぼんやりと、やっぱり魂の抜けたような美しい顔で白んでいく通りを眺《なが》めていた。

2

葡萄《ぶどう》色をした夜の紗幕《しやまく》が一枚、また一枚と剝がれ落ち、東の空に輝きが差した。冷えた水のような朝の日射しが開いた目へ流れ込み、頭蓋骨の空洞をすみずみまで満たし、あふれ、耳や口などの開口部から全身へ広がる。そういえば私の顔は、体は、こんなかたちだったな、と思い出す。風が吹くたび、周囲に生い茂った草がさらさらと鳴る。地中を流れるひそやかな水音が聞こえる。

「バスは来ないよ」

声に気がついて顔を向けると、どこかで見た覚えのある老婆がそばに立っていた。毛玉だらけのカーディガンにスウェットのズボンという、まるで家の居間から出てきたばかりのような格好で、曲がった腰を押さえている。ゴム製のサンダルからのぞく靴下は、やけに目に残るラベンダー色だった。

まだ痺れの残る頭を振って周囲を見回す。錆《さ》びついた丸い標識が目に入った。私は寂《さび》れたバス停のベンチに座っていた。木製の座面は塗装が剝げ、表面がささくれ立っている。

「でも、帰らなきゃならなくて」

「バスは来ない」

「わかりました。ありがとうございます」

投げだしていた腕をたわめると、使い慣れたトートバッグの持ち手が手首に絡んだ。膝に力を入れて立ち上がり、舗装がひび割れた田舎道《いなかみち》を歩き出す。周囲は手入れのされていない荒れた畑や、庭木に埋もれた古い民家などで青々としており、あまり人の気配がない。集落は山に沿うかたちで作られていた。時々翼をめいっぱいに広げた鳥が空の高みで輪をえがく。

歩くのは好きだ。長い距離を歩いてもあまり疲れず、退屈もしない。私の数少ない特技の一つだ。一定の速度で坂を上り、雑木林の小道を抜け、ちろちろと川底を舐《な》める程度の水が流れる小川を渡り、坂を下る。通りを走る車は一台もなく、すれ違う人もいない。けれどなぜだか不安は感じず、春の湖が頭の中でたぷたぷと波うっているような、穏やかな心地で歩き続けた。

やがて太陽がするすると山の向こうへ落ちていき、空がまた澄んだ葡萄色に陰り始めた。宿を求めて辺りを見回す。

気がつくと、私ははじめの集落とよく似た山すその集落に紛《まぎ》れ込んでいた。似ているどころか、民家の並び方も山の稜線《りょうせん》の具合も、まったく変わらないように見える。途中で変な具合に道を曲がって、元の場所へ戻ってきてしまったのだろうか。付近の民家は一つも明かりを灯《とも》しておらず、旅館どころか屋根を借りられる気配もない。困ったな、と思いつつ足を進めると、見覚えのあるバス停のそばに先ほどの老婆が立っていた。私を見つけ、声をかける。

「迷ったんだろう。こっちへおいで」

老婆は曲がった腰に両手を当てたまま、力強い足取りで山へと入る細道を上り始めた。どうして私が迷って戻ってくるとわかったのだろう。ただ、他に泊まれる場所も見つからない。どうも、と小さく礼を言って丸い背中を追いかけた。なめらかにくぼんだ土の道を進み、薄い藪《やぶ》を抜けると、目の前に二階建ての大きな民家が現れた。青い屋根瓦が月明かりに濡れ、つやつやと生々しく光っている。

老婆に続いて玄関に入る。屋内にはたくさんの人の気配がした。声はしないものの、水を使う音、畳を踏む音、紙をめくる音などで存在が伝わる。上がり口から続く暗い廊下には、ふすまの隙間から漏れた光がいくつもいくつも伸びている。それなのに、たたきには靴が一つも置かれていない。

サンダルを脱いだ老婆は、なにを言うでもなく長い廊下をするすると滑《すべ》るように進んでいく。私も慌ててパンプスを脱ぎ、たたきにそろえてあとを追った。軋《きし》む廊下の角を折れ、狭い階段を上がり、またえんえんと廊下を歩く。老婆が照明をつけないため、足もとは暗い。通り過ぎざまに糸のようなふすまの隙間を覗こうとしても、暗闇に目が慣れてしまったせいか、眩《まばゆ》いばかりで中が見えない。

玄関の方向すらわからなくなる頃、ふいに老婆が足を止めた。

「ここで休みな」

ふすまの一つを引いて、暗い部屋へと通される。

先に入った老婆がパチンと音を立てて紐を引くと、青白い電球が点滅しながら発光し、一年中出されたままなのだろうくたびれた炬燵《こたつ》と、埃《ほこり》をかぶったテレビが照らしだされた。炬燵の周囲には菓子鉢やティッシュ箱、埃とりといった雑多な品が転がっている。ほどよく乱れて薄暗い、居心地の良さそうな部屋だった。

「ありがとうございます」

礼を言って、炬燵には足を差し込まずに、そばの平べったく垢《あか》じみた座布団に腰を下ろす。

薄暗い天井をぼうっと見上げているうちに眠気が差した。この部屋は空気が動かず、やけに静かなのだ。膝をくずして炬燵の天板にもたれる。ずっと昔からここで暮らしていたような甘く気怠《けだる》い気分になった。

眠りたい、と子どもじみた発音でねだりかける。はいよ、と驚いた様子もなく老婆はうなずき、押し入れから布団を二組取り出した。炬燵を押しやり、てきぱきと並べて敷く。防虫剤の匂いがする冷えた布団にすべり込むと、沼へ引き込まれるように眠気が加速した。

電灯が消され、老婆の気配が隣の布団へ横たわる。

「ずっとここにいたっていいんだ」

思わずうなずいてしまいそうな声だった。シーツへ投げだした全身の皮膚がみるみる薄く、みずみずしくなっていく。爪が柔らかくなり、歯の根がうずいて弱る。守られることが当たり前の、子どもへ還《かえ》っていく。

枕元に置いたトートバッグから、ぴち、と奇妙な音がした。ぴち、ぴち、と続けて鳴る。そんな音を立てるようなものは入れていただろうか。

怪訝《けげん》に思って枕から顔を浮かせると、隣の布団から老婆の手が伸びてきて、手をつながれた。闇の中で私の手は小さく縮み、たいして大きくもない老婆の手にすっぽりと収まってしまう。

「先に行ったって辛いことばかりだ。ここでずっと、ばあちゃんと暮らそう。お前はうちの子どもだ。だから、いつまでだっていていいんだ」

老婆の手はしっとりと湿って、熱かった。私はすっかり居場所を与えられたことが嬉しくなっている。ぴちぴちと枕元で訴えるものなどなかったことにして、このまま重くぶ厚い布団にもぐり込んで眠りたい。

ぴち、ぴち、ぴち。

枕に頭を戻して力を抜けば、すぐに眠れる。だけどか細い音は眠るなとばかりに意識の水面を乱し続けた。私を完全な子どもに戻してくれない。

老婆が口を開いた。

「　　」

彼女は、誰かの名前を呼んだようだった。確かに声は耳に届いている。それなのに、その名前がうまく聞き取れない。耳に入った次の瞬間、その音がなんだったのかを忘れ、代わりに脈絡のない勝手な音が空白を塞《ふさ》いでしまう。ただ、不思議と呼んでいるのが女の子の名前であることはわかった。

「聞こえない」

「　　　　　」

「聞こえないよ」

「　　　　」

暗闇で、老婆は同じ名前を繰り返す。だんだん、名前を聞き取れないことが不安になった。自分がひどく場違いな、他人の布団に横たわっている気分だ。布団の中でそっと指先を動かす。肉の厚い、骨の曲がった老婆の手が、小さく縮んだ私の手を握りしめている。それまではなんとも思っていなかったのに、ふと、手を動かせないことや寝返りが打てないことを窮屈に感じた。いつまで老婆は手を握り続けるのだろう。指の力がゆるまない。

手をほどいて、ここから出たい。鐘を強く打つように思った瞬間、私は大人に戻っていた。皮膚は厚く、痛みに強くなり、爪は人を傷つける力を持ち、歯は硬い魚の骨でも嚙み砕けるほどたくましく、太くなった。

「もう、行くね」

慎重に囁《ささや》きかけ、つかまれた手を抜こうと腕に力を込める。すると逃がすまいとばかりにこちらの手の甲へぶ厚い爪が食い込んだ。

「どこへ行く気だい」

「帰らなくちゃ」

「ばかだね、帰れるわけがないだろう」

「でも、行くから」

布団を押し退《の》けて中腰になるも手は放してもらえず、それどころか手探りで揉み合ううちにもう一方の腕までつかまれてしまった。本気の力で握られて、本気の力で逃げようとする。獣じみた気迫とともに骨と骨とがぶつかり合い、腕の合わせ目がわなわなと震える。思い切り体をよじり、指を引きちぎるようにして骨ばった手を振り払った。

「もう、ここにはいたくないの！」

高く叫んだ瞬間、老婆の気配が少しひるんだ。そのすきに枕元に置いたトートバッグをつかみ、足に絡まる布団を蹴飛ばして部屋の出口を目指す。

待ちなさい、と放たれた声に打たれて足が止まった。先ほどのような甘く湿って絡みつくものではなく、静かな乾いた声だった。

「　　」

老婆がまた、私には聞き取れない名前を呼ぶ。二度、三度と重ねられ、私は少し切なくなった。

「だめ、わからないよ」

あと少しでつかめそうなのに、その名前を認識するために必要な、最後のかけらが見つからない。思いがけない言葉が口からこぼれ出た。

「もう、忘れちゃったんだ」

暗闇の向こうで老婆は口をつぐみ、長い沈黙のあと、ふう、と深いため息を落とした。

「そうか、そういうものなんだね。わかったよ」

老婆は起き上がって電灯の紐を引いた。力なく明滅した電球が褪《あ》せた光を放ち、暗さに慣れた目を眩ませる。あんなに激しい戦いがあったのに、布団が敷かれた部屋は電灯を消す前とまったく変わらなかった。老婆も、少し疲れたようには見えるが、ごく当たり前の人間の顔をしていた。

「行くのかい」

「はい」

「バスは来ないから、歩いていきな」

「わかりました」

表情の乏《とぼ》しい老婆の顔をしばらく見つめ、丸いくぼみに指を差し込んでふすまを開く。暗い廊下には相変わらずいくつも光のすじが差して、人の気配はたくさんするのに声は一言も聞こえない。

「右手を壁につけて行くんだ」

「はい」

「家を出るまで、振り返るんじゃないよ。足を止めないように」

「お世話になりました」

トートバッグの持ち手を握りしめ、敷居をまたぐ。

背中に声がかかった。

「お前を守ってやりたかったよ」

振り返らないよう言われたばかりなのに、老婆の声に不思議なにじみを感じ、つい顔を向けてしまった。

老婆はそれまでと同じ、腰に手を当てた姿勢で立っている。けれど顔のあったところがぽかりと空いて、代わりに丈《たけ》の短い草花が高い密度で生い茂っていた。目鼻は草に埋もれてまったく見えない。そのくせ、しんと光る一対の目が草の間からこちらを覗いている気がする。

目の前にいるのはもう先ほどの老婆ではない。私が背を向けたことで、老婆は老婆であることをやめたのだろう。これは見てはいけないものだ、と本能が叫ぶ。生き物の、肉の殻を剝いだあとの姿だ。薄い吐き気をこらえて口を開いた。

「あなたは誰なの？」

顔を失った老婆は、ばね仕掛けのおもちゃに似た単調な動きで首を傾けた。

「でも、やっぱりだめなんだ。誰もお前を守ってやれない。だから一人でも、ちゃんと最後まで行くんだよ」

言って、老婆は糸を断つようにふすまを閉じた。途端に隙間から漏れる内部の光が消え、廊下に光の帯を伸ばしていた他の部屋の灯《あか》りも一斉に消えた。まるで目を奪われたみたいに、周囲のなにもかもが見えなくなる。

張りつめていた緊張がほどけ、全身からどっと汗が噴き出した。心臓が熱をもって脈打っている。片手を目の前でなんどか握ったり開いたりしてみるものの、あまりに闇が深くて、数センチ先の指先すらよく見えない。

なすすべもなく、老婆の言う通りにざらつく壁へ右手を当てて歩き出した。壁は砂壁のようで、擦り続けた指先に細かなものが溜まった。

歩きながら、ゆっくりと考える。守ってやりたかったとはなんだろう。あの老婆は誰なのだろう。私は一体なにを忘れてしまったのか。爪先に重心を移すたび、床がかすかな軋みを上げる。この辺りに階段があった、と思う位置まで来てもふすまと壁は途絶えず、先へ先へと伸び続けた。

とと と、と軽い子どもの足音が背後に響く。

「おうち、おっきくてすき」

「そうかい。お花を育てるのは好きか?」

「すきっ」

「じゃあ花壇の世話はお前に頼もうかね」

小さな子どもの声と、しゃがれた大人の声だった。それが誰かもわからないのに、私にはその子どもの考えていることが手に取るようにわかった。あの子は、好きとはなにかもよくわかっていない。ただ、なにを言えば目の前の大人が喜ぶかはわかっていて、それを唇でなぞっているだけだ。

振り返ってはいけない。老婆の言葉を思い出し、爪先に力を入れて床板を蹴る。絹のリボンを束《たば》ねたような洋花が咲き乱れていた花壇は、持ち主が亡くなって間もなく枯れた。気まぐれに数回水をやっただけで、あの子はすぐにそれを忘れた。本当は、たいして大事ではなかったのだ。干からびた植え込みや鉢が撤去され、花壇は間もなく駐車場になった。

歩き続ける。夏の、蒸れた庭の青い匂いが鼻先をかすめた。

暗がりから、甘さをまとった女の声があの子の名前を呼ぶ。音のかたまりとなって耳へすべり込み、だけど老婆のときと同じように、正しい名前が聞き取れない。女は何度も子どもを呼ぶ。女は子どもをきらっている。なぜなら、成長した子どもは、女とは別の生き方を選んだからだ。少なくとも子どもはそう思っていた。いつだって女の目におびえていた。

同じように子どもを呼ぶ男の声は、少し遠い。いつも背中を追いかけ、影を踏んで、でも触れられなかった。子どもにとって男は、夏の日に揺れる陽炎《かげろう》のように質感を伴わないものだった。ただ、気に入られたかった。褒められて、安心したかった。煙草の匂い、食卓の匂い、湯上がりの肌を撫でていく夕方の風が薫る。

「ああ、こんなところにいたの」

「おいで」

「こっちへおいで」

闇を溜めたふすまの隙間から、近い血の香りのする声がするりするりと耳を撫で、誘い、出口へ向かう足を搦《から》めとろうとする。振り返らずに、足を止めないように。老婆の言葉を思って歩き続ける。

前方に淡い光が浮かんだ。明るさのもとは、玄関の格子戸に差し込む月明かりだった。たたきに老婆のサンダルはなく、私のピンクベージュのパンプスだけがぽつんと置かれている。足を差し込み、光のにじんだ格子戸を開ける。

家の外へ下ろそうとした足が、宙に浮いたままぴんと止まった。まるで薄いビニールでも張られているような抵抗を受け、爪先が地面に届かない。なんだろう。ただ、少し力を込めれば、簡単に押し切ることが出来そうだ。

体重をのせて不可視の膜を破り、雑草の茂った地面を踏みしめる。すると全身を覆っていた重く柔らかいものが後ろから引っぱられるようにずるりと剝がれ、離れていくのを感じた。

「さようなら」

肩ごしに、耳が湿る距離で囁いてきたのは若い女の声だ。血よりもなお近く、唾液《だえき》のように味すら感じさせずに体へ入り込む。この声は知っている。忘れるわけがない。

忘れるわけがない、のに、どうして名前が思い出せないのだろう。知っている。知っている人だ。きっと顔を見れば思い出せる。爪先の向きを変えようと、とっさに体の重心がかかとへ傾いた。ぴち、とトートバッグの中で小さな音が鳴る。ぴち、ぴち、とまるでとがめるように繰り返す。

そうだ、家を出るまで、振り返ってはいけない。奥歯を噛みしめ、前を向いた。月明かりに染まった夜更けの山景色が、網膜に痛みを感じるほど眩《まぶ》しい。

一歩、二歩、と慎重に家から離れ、トートバッグの持ち手を握りしめて背後を振り返った。

暗い玄関の上がり口には、青白い肌をした女が立っていた。長い黒髪を肩へと垂らし、花模様のシャツとベージュのコットンパンツを着ている。どちらも近所のデパートで買った安物だ。なぜだかそれがわかる。鼻筋の通った形のいいワシ鼻はひそかな自慢だったけれど、いくらメイクをしても眠たげに見える垂れた目は昔から大きらいだった。胸が小さく太ももが張った、子どもじみた体型もいやだった。この女のことならなんだってわかる。それなのに、どれだけ真剣に考えても呼びかける名前が浮かばない。

上がり口に立つ女は、つかみどころのない漠然とした顔でこちらを見ている。しばらく見つめ合い、やがて女はくるりと背を向けて長い廊下を歩き出した。

白い背中が遠ざかる。

待って、と言いかけた声が舌の付け根で止まった。私は最後まで彼女の名前を思い出せなかった。最後までぼんやりと光っていた女のかかとが闇へ消える。私は置き去りにされた気分でその場に立ちつくし、やがてバス停のあった道へ戻ろうと月明かりに照らされた山道を歩き出した。

足を動かすにつれて、まるでそれまで形を留《とど》めていた重石《おもし》を失ったみたいに体のあちらこちらが膨《ふく》れ、爆《は》ぜて、痛みもなくぞわぞわと形を変えていくのがわかった。うごめく肉の沼から硬質な鱗《うろこ》が浮かび、すぐに溶け消えたかと思うと濡れた羽毛や植物の芽が毛穴から噴き出す。

自分はいま、どんな顔をしているのだろう。片手を当てて、でこぼこと隆起する輪郭をなぞる。けれど、だんだんどうでもよくなった。それよりも妙な音を立てているトートバッグの中身が気になった。持ち手を左右に開き、中を覗き込む。ハンカチ、財布、水のペットボトル、フルーツの飴《あめ》、カメラ。見慣れた品々の奥に、不思議なものがあった。

透明で、丸くふくらんでいる。表面は柔らかくすべすべしていて、少し冷たい。指をうずめて持ち上げると、それは水を入れて口を縛った透明なビニール袋だった。中ではうっすらと光る白い小魚が、ゆるやかに円を描いていた。

3

神奈川県へと向かう下りの始発電車はがらがらに空いていた。土曜日だからかも知れない。ほとんど人が座っていないシートに、遠野くんとてのひら二つほどの間隔を空けて座った。疲れていたので、お互いにあまりしゃべらなかった。本来ならとっくに職場近くの自宅へ帰りつき、シャワーを浴びて眠っている時間だ。頭の中がぼんやりと重い。けれど遠野くんはこの土日に有休を二日くっつけて引っ越しを済ませる予定でいるらしく、週明けには今住んでいるアパートを引き払ってしまう。私も日曜の夕方からシフトが入っていて、日を改める余裕がなかった。

正面の車窓を眺めていた遠野くんが、前を向いたままのんびりと言った。

「部屋、もう、めちゃくちゃきれいよ。掃除して」

「荷物はぜんぶまとめたの？」

「うん。あとはすみれのもんだけ。湖谷に見せて、次に一応すみれの実家にも持ってって、残ったもんは捨てる」

「一人で片づけたってよかったのに」

一人で断ち切る覚悟がないなら、捨てなければいいのに。そんな意地の悪い気持ちが声にこまかな棘《とげ》を浮き立たせる。遠野くんはちらりとこちらを向き、なにも言わずに洗ったように輝く朝の町へ目を戻した。途中で一度乗り換えをして、自動改札機が二台しかない小さな駅で降りる。海が近いのか、町はかすかな潮の香りがした。

「腹へったな」

呟いて、先を歩く背中がふらりと駅前のコンビニへ吸い込まれた。おにぎりとお茶を買っている。私もサンドイッチとリンゴジュースを選んでレジへ運んだ。それぞれに会計を済ませ、がさがさとレジ袋を鳴らしながらシャッターの下りた駅前商店街を歩く。遠野くんは猫背で、後ろから眺めると肩の辺りが丸い。

「湖谷のうちにはさ、ないの。すみれが暮らしてた時の荷物」

「あるよ」

「捨てた？」

「捨てない」

大学の頃、一人暮らしをしていた私のアパートにすみれが居ついていた時期がある。部屋を出て行ってからも、彼女はちょくちょく私の部屋を訪れてはメガネケースだのマニキュアだの文庫本だの、細かなものを忘れていった。集めていないから正確にはわからないが、たぶん全てまとめれば、段ボール一箱分ぐらいのすみれの痕跡《こんせき》が私の部屋にも残されているはずだ。

　そっか、と振り向くことなく相づちを打ち、遠野くんは道を曲がった。商店街を抜け、坂道の多い住宅街へ入る。辿りついたのは、三階建てのアパートだった。郵便受けを覗いて外階段を上り、三階の一番奥まった部屋の前で鍵《かぎ》を取り出す。表札にはなんの名前も入っていない。

　和室と洋室が隣り合った２ＬＤＫの部屋には、所狭しと段ボール箱が積み上げられていた。枕と毛布とちゃぶ台を残して、あらかたのものは梱包してしまったらしい。南向きの、日当たりのいい住みやすそうな部屋だ。台所周りは少し狭いが、窓も広いし天井も高いし、内装もこざっぱりとしていて感じがいい。

　部屋の真ん中に立ちながら、こういうところにすみれは住んでいたのか、と不思議な気分になった。会いたいときにはいつもすみれの方が訪ねてくれたため、私は今までこの部屋に一度も足を伸ばさなかった。本当は、すみれが恋人と暮らす部屋、私に見せる飄々と乾いた姿ではなく、彼女のもっと生々しく濡れた部分が剝き出されていたであろう部屋に来たくなかったのかもしれない。

　広がっていた毛布を畳み、枕と一緒に部屋の隅へ蹴りやって、遠野くんはちゃぶ台を和室の真ん中へ引き出した。ひとまず朝食をとることにする。包装を剝がし、冷たい食べ物を口へ運んで一息つく。

「すみれの荷物ってどのくらいあるの」

「六箱ってとこかな。下着とか、使いかけのものとかはぜんぶ捨てたんだけど、まだけっこうある」

　ほんの数口でおにぎりを食べ終えた遠野くんは洋室を見て回り、やがていくつかの段ボール箱を運んできた。私はサンドイッチを口に詰め込みながら箱の中身を覗き込む。コートにワンピース、ハンドバッグやＣＤ、雑貨に本。猫のかたちの陶器の置物や、アクセサリーを入れた箱まである。小粒の真珠が付いたイヤリングをつまんで途方にくれた。

「こんなの、もらえない」

「俺が持ってたってしょうがないし」

「変なの。友だちのアクセサリーや服なんて、普通ならこんな無防備な感じで見ないのに」

「でも、形見分けってそういうものだろ」

カタミ、という鋭い言葉に深々と刺され、とっさに返事が浮かばなくなる。遠野くんはがりがりと雑な手つきで首の裏を掻き、次の箱を開けた。こっちにはあんま使ってなかったブランドもんとか、入ってるから。そう、とうなずいて、私はつまんだイヤリングを慎重にアクセサリーボックスへ戻した。

高価なものはすみれの親族に相談するとして、私の家に残っているのはいかにも忘れ物という感じの他愛《たわい》もないものばかりなので、もらうならなにか、すみれを間近に感じられるものが欲しい。段ボール箱を順番に開いて中のものを取りだし、並べていく。マフラー、時計、手袋、ペンケース。まだクリーニングのビニールがかけられたサマーニット、シルクのブラウス。

こちらの手元を覗いていた遠野くんが、ふいに顔を離して言った。

「だめだわ、俺」

「うん？」

「ごめん、ちょっと寝る。疲れてるっぽい。終わったら起こして」

ふらりと脱衣所へと向かい、戻ってきたときにはスーツから部屋着へ着がえていた。紺の丸首のTシャツと、ライトグレーのスウェットパンツ。宣言通り、ちゃぶ台の向こう側で、こちらに背を向けて猫のように丸くなる。その姿をぽかんと見つめた。

無防備に向けられた白いうなじに、等間隔で並んだ骨が浮き立っている。

私だってだめさ。取り残された気分で呟いて、箱の中身を取り出す作業に戻る。この人の、こういうところがとてもきらいだ。けれど、すみれは彼のこの脆《もろ》さを愛していた気がする。三つ目の箱で、見覚えのあるものが出てきた。白いリボンの麦わら帽子。

あ、と思わず声が漏れた。焼けつくような夏の日に、半歩先を行くすみれの後ろ姿がまぶたをよぎる。フカクフカク、と和菓子でも食べたような甘さを帯びて繰り返す声。フカクフカク、フカクフカク。フカクフカク愛し合って、生きることと死ぬことのこわさを薄める。

あのとき、まだ学生だった自分の無意識の沼からずるりと引き出された願望を思い出す。すみれと遠野くんはフカクフカク愛し合っただろうか。遠野くんが放つ愛だの真心だのは、遠い場所にいるすみれを救っているのだろうか。

三年前、大きな地震がこの国を揺らし、沿岸の町へ押し寄せた津波がたくさんの命をさらった。まだ桜の蕾《つぼみ》も色づかない、肌寒い春の日のことだった。地震の前日、すみれは遠野くんに「最近忙しかったから、ちょっと息抜きに出かけてくるね」と伝えたらしい。そして、そのまま行方がわからなくなった。

あの子は今、どこにいるのだろう。手をつないだままでいればよかった。夏の山でつないだ日から、あのすべすべとした冷たい手をずっと、ずっと、放さなければよかった。真隣にいたのに、もうどこにもいない。そのことがよくわからない。頭ではわかっても、私のてのひらや、耳や、指先がわからないとぐずり続ける。

「フカクフカク」

遊ぶように呟いていた、彼女の声を真似てみる。ちゃぶ台の向こうで、骨の突き出た肩がかすかに揺れた。

結局私は、麦わら帽子以外の品を選ぶことができなかった。他のものはすみれが私にくれるという印象が持てず、手を出せない。これらはすべて、彼女のものだ。

「ぜんぶ捨てるのか？」

頬に畳のあとをつけて起き上がった遠野くんは、積み直された六箱の段ボール箱を見て途方に暮れた声で言った。自分が処分すると言いだした癖に、芯のぐらついた弱い物言いに苛立《いらだ》つ。ついつい声がとがった。

「捨てるって決めたのは、私じゃない」

「いちいち怒るなよ」

ふいに美しい顔を歪め、彼は大きなくしゃみをした。鼻をすり上げ、ティッシュの箱を引き寄せる。

「風邪？」

「いや、花粉症」

もう一つくしゃみをして、鼻をかむ。丸まった情けない背中を見るうちに力が抜け、ぴりっとこめかみが痛んだ。もう八時だ。夜勤明けはだいたい朝の五時には寝て、お昼に起きる暮らしをしているので、すっかり体が疲れている。

「私もちょっと休んでいい？」

「どうぞ」

「お昼に起こして」

「三時に、すみれの実家に行くことになってるから。一緒に行こう」

うん、とうなずいて畳に横倒しになる。遠野くんはファブリックを詰めたカラーボックスのガムテープを外し、中からバスタオルを二枚取りだした。片方をくるくると筒状に巻いて、枕代わりにと貸してくれる。もう一枚を、私の腰の辺りへ被《かぶ》せた。

「寒くない？」

「だいじょうぶ」

「湖谷さ、彼氏できた？」

「なにそれ」

目をつむったまま、脈絡のない問いかけに聞き返す。頭の芯で眠気がゆったりとした渦を巻いている。

「いや、もしいたら、なんか申し訳ないし、ちょっとその辺で時間潰《つぶ》してこようかと思って」

繊細な気づかいを向けられて、思わず笑ってしまった。そういえばこんな人だった。大学のカフェテリアで、よくサークルの色んな女の子に呼び出されて二人で昼食をとっている姿を見かけた。はじめはなんて軽薄ないやな男だろうと思ったけれど、すみれに言いつけたらにこにこしながら、相談されてるらしいの、と返された。そして、ラーメンや照り焼き丼などを挟んで神妙な顔で語り合う男女の様子を繰り返し見かけるうちに、どうやらそれが本当らしいことがわかった。

ふらふらと頼りない、顔だけの優男《やさおとこ》に見えて、案外遠野くんはまじめなところがある。そして感情を滅多に揺らさず、言葉づかいの基本がやさしい。きっと進路や恋で悩む年頃の女の子たちからすれば、一番頼りやすい異性の先輩だったのだろう。そんな彼の性質を、久しぶりに感じた。

「いないよ。もう、全然そんな気になれない」

「そういうもんか」

「なんか、……なんだろう。なんで……なんで、私じゃなくてすみれだったんだろうとか考えると、よくわかんなくなって、今はそういうの、考えられない」

「それとこれとは、違うだろ」

「並んで、隣に寝てたんだ。雷の夜には手だってつないだ」

「そんなことを言ったら、俺だってそうだ」

「うん」

それでもきっと、遠野くんにはわからない。私の部屋で一緒に暮らしていたとき、私とすみれは未熟な体の他になにも持っていない、ただの女の子だった。不自由で、もの知らずで、未来には素敵なことが待っていると信じていて、限りなく同じだった。お互いの脆さを知りながら、じっと手をつないで恐ろしい外の景色を眺めていた。

それなのに、あの子は一人で行ってしまった。帰れないと知ったとき、すみれは遠野くんに会いたくなったと思うのだ。どうして遠野くんに大した愛着もない私がここに残り、彼としゃべってごはんを食べ、他愛もない恋の話題を舌で転がしているのだろう。

「遠野くん」

ふわふわとした夢見心地で呼びかけた。ボールペンが紙を引っ掻く音が頭の上から降ってくる。ちゃぶ台でなにやら書き物をしているらしい遠野くんから、ん？　と鈍い返事が返る。

「すみれのこと」

フカクフカク愛してた？　まだぜんぶ覚えている？　心の中で、どんな感じ？　夢には出てきた？　なにか心のようなものがつながってる？　それとも、もう断ち切れた感じ？　まどろみに足をすくわれながら胸の中で言葉を選ぶ。けれど聞きたいことがうまくまとまらず、不自然に声が途切れた。とろとろと考え続け、やっと心にそぐう表現が浮かぶ。

「会いたいねえ」

遠野くんはしゃべらない。

うまく伝わらなかったかも、とバスタオルに頰をうずめたまま思う。それほど暗く悲しい心もちで言ったわけではないのだ。会いたい、と言えない方がさみしい気もするのだ。返事を諦《あきら》めて眠ろうと息を吐いた瞬間、「うん」と小さな声が返った。

すみれが私の部屋に転がり込んできたのは外の通りが陽炎に歪むほど暑い、大学三年生の夏休みのことだった。

「なにも言わずにしばらく泊めて」

バイト帰りの私と駅前で落ち合ったすみれは腰に手を当てて仁王立《におうだ》ちをしていた。えらそうに胸を張って言い放ち、すぐにふはっと空気が抜けるように笑った。

「一回言ってみたかったんだ」

要望通り、私はなにも言わなかった。すみれは普段とまるで変わった様子もなく、よくしゃべり、よく笑い、閉店間際のスーパーで買ったゴーヤと豆腐と塩昆布で作ったゴーヤチャンプルーをもりもり食べた。荷物を運んだ翌日には、背中を覆う長い黒髪を明るい茶髪に染めて、ゆるやかなパーマまでかけていた。就活どうするんだろ、と思ったけれど、なにも言わずに、のくだりを思い出してなにも言わなかった。色白で垂れ目で、どこか飄々とした雰囲気を持つすみれに、その開放的な髪の色はよく似合っていた。

「前からその色にしてなかったのが不思議なくらいよ」

「うへへ」

照れたように口元をにやつかせ、すみれは買ったばかりだという目が痛くなりそうな蛍光色のマニキュアを私の足の爪に塗ってくれた。

すみれが家を出てきた理由らしきものを口にしたのはそれから数日後、深夜にベランダの手すりにもたれ、冷蔵庫の奥で傷みかけていた桃を交互にかじっているときだった。

「私ねえ、やりたいこととかなんにもないの」

まるでこの課目が苦手だ、ぐらいの軽い口調で言われた内容に、少し驚いた。ついつい、そうなの？　と間抜けな返事が口をつく。うん、とすみれは果汁に濡れた唇を舐めながらうなずいた。

「真奈は、お店が好きなんだよね」

「あ、うん。ええと、空間コーディネートっていうか」

唐突に水を向けられて、一瞬頭が白くなる。自分があちこちの企業に送っているエントリーシートの文面を急いで思い返した。

「居心地のいい家とか、店とか、場所作りに携わりたいなあって」

しゃべりながら口の端がむずがゆくなる。きっかけは行きつけのブックカフェの内装がとてもお洒落《しやれ》で、店員も通ってくるお客さんもみんな頭が良さそうに見えて、なんかいいなあ、と思ったことだった。あまりに単純で軽い動機だ。本当にやりたいことなのか、と正面から聞かれたら目を逸《そ》らしたくなる。

声にも自信のなさがにじんでいただろうに、すみれはまじめな顔で何度かうなずいた。

「私、ないのよ。そういう、なにがしたいとか、なにが欲しいとか。だから家族がいらいらしちゃって」

「ないなんてこと、あるの？」

そんな、欲望や夢がかけらもない人なんているんだろうか。驚いて、思わず力を込めて聞き返すと、すみれもまた驚いたように目を大きくして私を見返し、やがてじわりと唇の両端を持ち上げた。

「ほら、やっぱり真奈にはあるんだよ」

「そうかなあ」

「運命みたいなものに、ちゃんと引っぱられてる」

「運命？」

「大きな恋愛と同じでさ、仕事にもあると思わない？　ほら、同じ学科の橋田《はしだ》さんなんか、絶対ジャーナリストになるって言って、一年の頃から新聞社でバイトしてるでしょ。井之本《いのもと》くんは介護系、大浦《おおうら》さんは出版系だよね。割とみんな、自分がなにがしたいかわかってる」

「でも、みんなが希望通りのところに行けるわけじゃないし、憧《あこが》れの職業だって実際に就職したら幻滅するかもよ」

「んー、そのエネルギーがすごいって思うのよ。好きで、それに向かって努力して、椅子を確保するために他の人と戦って、勝っていくわけじゃない。うん、好きってだけじゃなくて、なにか屈折や欠落みたいなものが原動力になる人もいるよね。真奈を含めて、みんな欲しがってるものが大きいの。その辺にはない、もしかしたら自分で作らなきゃこの世に存在しないかもしれないものを追いかけてる。そういう人たちは、たとえはじめに目指したものが合わなくても、ちゃんと次の目標を見つけて、最後にはその人だけの戦う場所みたいなものへ辿りつくんだと思う。私はそういうのがないんだ。たぶん当たり障《さわ》りのないなるべく楽な仕事を選んで、結婚とかで辞める口実が出来たら、適当なとこで辞めちゃうの。でも、真奈はしっかりと自分の戦う場所を見つけて、社会に根を張っていく人だよ。それが、なんとなくわかる」

「ええええ、やめてよ。そんなに大層なものじゃないって。それに、すみれは成績もいいし、友達も多いし、私よりよっぽど社会性あるでしょ」

「ふふふふ、ありがとう。でも、そういうことじゃないのよ」

えー、ともう一度口の中で繰り返してから続く言葉に迷い、ぼんやりと夜空を見上げる。近くの駅やビルの明かりを反射した空には星がほとんど見えず、厚い黒布を被せたように奥行きがなかった。

ある、と自信を持てるほど確かなものは、自分の中に見つけられない。けれど、ない、と言い切る勇気もない。正しくは、なにかあるはずだ、という期待だけがあるのかもしれない。だからこそ、ないとあっさり認めてしまうすみれの潔さに驚いた。

言ってみようか、と思う。言ったって、すみれは笑わないだろう。ベランダの手すりをつかむ手に力を入れる。

「ないって思うのがこわいから、あるってことにしてる気がする」

すみれは少し首を傾けた。色の明るい髪が丸い肩を滑り落ちる。

「こわいかな」

「こわくない？」

「うーん、わかんない」

「私はこわいよ。とりあえずでもいいから、なにか目指すものを決めておかないと、なにをすればいいのかわからなくなりそう」

「まじめねえ」

すみれはベランダの手すりから垂らした片腕を猫の尾のように気怠く揺らした。青暗い闇の中、蛍光グリーンで塗られた五枚の爪が豆電球みたいに点滅する。その安っぽい輝きに不思議と目を奪われた。

就活が始まって、誰も彼もが立派なことを言おうとする。空欄が並んだエントリーシートに、自分の優秀さを描こうとする。内定をとれた子と、とれていない子の差を論じる。怯《おび》えと焦りが入り混じる競争意識の嵐の中、どうしてすみれの周りは台風の目のように静かなのだろう。出会った時からそうだった。しゃべり方も歩く速度も、ラーメンの啜《すす》り方にすら独特のテンポがある彼女のそばでは、時間がゆっくりと流れている。そしてその不思議な無風は、恋愛であれ、友人関係であれ、バイト先のいざこざであれ、いつだって私の熱狂を醒《さ》まし、本当の望みを思い出させた。

すみれは揺らしていた手を止めて、顔に落ちてきた髪を耳へかけ直す。

「私がもうちょっとまじめにならなきゃいけないのね、きっと」

「違うかも」

「ん？」

「やりたいことって、ちゃんと決まってなきゃだめかな」

こんな会話を、かつて交わした気がする。なんだっていい。なんだっていいから、この小さな泉のように湧いた感情を、伝えなければならない。

「やりたいことがあっても、なくても、私はこうしてすみれとだらだらしてるの好きだよ。うまく言えないけど、すみれといると欲しくないものを欲しいって言ったり、やりたくないことをやりたいって言ったりしなくていいの。私、見栄《みえ》っ張《ぱ》りだからさ、それってすごく特別なことなんだ。そりゃ、これをやり遂げたら悔《く》いはない、みたいなものを見つけられたらきっと幸せな人生だろうし、かっこいいよ？　でもすみれみたいに、そばにいる人を正直に出来る力を持っているのは、同じぐらいかっこよくて、すごいことだと思う。当たり障りのない仕事を選んでなにが悪いの。変に期待せずに始めた方が、気楽に取り組めてうまくいくかもよ。――その、ゆるっとした心や、言葉が、いつかあなたをふさわしい、気持ちのいい場所に連れて行ってくれたらってほんとに願ってるよ」

こちらを見ていた垂れ気味の目がゆっくりと見開かれ、すみれは動きを止めた。お互いになにも言わないまま、一秒、二秒と時間が過ぎる。変なことを言っただろうか、ちょっとかっこつけすぎたかな、と恥ずかしくなり、なにか言おうとした次の瞬間、すみれは困惑と笑顔の混ざった半端《はんぱ》な顔を真っ赤にして、「照れるから！」と叫んだ。かじり終えた桃の種を向かいの林へ放り、私たちは部屋へ入った。

網戸から流れ込む夜風が湿り気を増し、まもなく叩きつけるような雨が降り出した。ベランダに白い水煙が立ち、慌ててガラス戸を閉める。零時過ぎには雷まで鳴り始め、閉じたカーテンの隙間に稲光が走った。もうそれぞれにシャワーを浴びて、私はベッドに、すみれはカーペットの上に敷いた客用布団に横たわっていた。

「雷すごいね」

「うん、一人だったらこわかった」

闇に慣れた目を向けると、すみれもこちらを見上げていた。目線を合わせ、少し笑う。すみれは枕元の携帯の画面を一度光らせ、メールかアラームか、なにかをちらっと確認してから私に目を戻した。

「さっきのね、考えてたの」

「うん」

「私は、仕事とか生き甲斐《がい》とか、そういうものには運命が用意されてないのかもしれない。けど、友達には、ちゃんと運命があったって思う」

すみれは月が光るように微笑《ほほえ》んで、布団から抜いた手をこちらへ浮かせた。大きな花束を受け取った気分でその手を握る。すみれの手は冷たい印象が強かったのに、そのときは布団で熱が籠《こ》もっていたのか、しっとりと湿って温かかった。私の手も似たような温度だっただろう。お互いに腕の力を抜いて、楽な姿勢で手をつなぐ。ベッドと布団のあいだに浮いたまま、手の甲や指先から少しずつ、まとった熱が逃げていく。

薄い眠気に漂ううちに、普段なら恥ずかしくて言えないほど無防備な空想が口をついた。

「……大きな、図書館とか造りたいなあ。ホールでもいいけど、こう、人がなにも考えずに立ち寄って、安心して、また外に出て頑張れる、みたいな」

いいね、と眠たげな吐息まじりにうなずかれ、ますます胸が甘くなる。頭の裏側を、さまざまな景色が通り過ぎる。行きつけのブックカフェ。中央に丸くて平たいソファが置かれた美術館。棚にぎっしりと文庫本が詰まった、小学校の薄暗い図書館。なぜそんな場所ばかり好きになったのだろう。ああ、そうだ。

「私さあ、上に兄と姉がいたし、部屋も長いこと姉と共用で、家でほっといてもらえる場所ってあんまりなかったんだ。はじめは隠れ家みたいな狭いところを見つけて喜んでたんだけど、だんだん、色んな人がいる中でほっといてもらえる方が、……なんかいいなって」

ほっといてもらえる、がなにかの言葉に置き換えられそうなのに、浮かばない。うん、とすみれが枕に当てる頭の角度を変え、息を吐いた。

「真奈、遠くまで行ってね。大変でも、遠い、そこに行ける人しか見られない景色を見て。それで、いつかさ……」

続く言葉を待っているうちに、細い寝息が立ちのぼる。私は青暗い天井を見つめ、思い切り空想を膨らませて目を閉じた。意識が途切れる間際、つかんでいた温かい指がてのひらをくすぐって落ちていくのを感じた。

私からすれば、いつだってあまり他人の意見を必要としていないように見えるすみれの方が、よっぽど遠くに行ってしまいそうに見えた。自分のことは一人で決めて、他人のことは、受け止めることはしても変えようとしない彼女とは、いくら一緒にいても二人にはならなかった。一人と一人のままだった。

明け方、コンビニのバイトに出かけるすみれはよく、眠っている私の手をつかんで顔の横でとんとんと揺らした。

「いってくるね。今日は私、五限まであるから」

「んん、いってらっしゃい」

淡い柔軟剤の香りが通り過ぎ、慎重に玄関の扉を閉める抑えた音が足の先から聞こえる。すみれが来る前の一人の部屋よりも、すみれがいる満たされた部屋よりも、すみれが少し出かけていて、そのうちに帰ってくるがらんとした部屋が好きだった。今日は私の方が早く帰るな、夕飯になにを作ろう。風通しのいい秘密基地で丸くなっているような幸福に浸り、寝返りを打つ。

それから、すみれは半年ほど就活をせずにあっちへ行ったりこっちへ行ったり、服を変えたり化粧を変えたり、少し変わった企業があると聞けば地方にも一人で企業訪問に出かけたりと試行錯誤を重ね、四年の冬に辛《かろ》うじて健康器具を扱う家電メーカーの二次募集にすべり込んだ。卒業と同時に私の部屋を出て遠野くんと暮らしはじめ、入社からしばらくは営業部の厳しい上司の下で苦労したらしい。数年のうちに人事部に配属され、「ちょっと楽になった」と喜んでいた。

一方私は早々に、希望していた内装のトータルコーディネートを謳《うた》う不動産会社の内定を獲得した。けれど入社から間もなく名前も知らない子会社に出向し、恐ろしくきついノルマで台所リフォームの訪問販売をする部署に配属され、体を壊して七ヵ月で辞めた。後にその親会社が新規社員を使い潰す悪質な手法で有名だったことを知った。しばらく療養し、親戚の紹介で今の職場に落ちついたときには、やりたいことなどとうに忘れて、ただただ胸を撫で下ろした。

すみれとは月に二度ほど、お互いの職場の間を取った位置にある駅前の居酒屋で会うのが恒例になった。遠くに行く気配なんかこれっぽっちもないんだけど。彼女の予言よりよっぽど小さくまとまった人生について愚痴《ぐち》をこぼすと、学生の頃より眉のラインが洗練されたすみれは、これからだよ、これから、とビールを片手にけらけらと笑った。

そんな彼女の携帯電話には、いつもゆるキャラのついた新しいご当地ストラップがぶら下がっていた。いつのまにか、一人旅が趣味になったらしい。運命を探し続けていたのかもしれない。

すみれといて、幸福じゃなかった人もいる。私と遠野くんはその人に会った。

「小さい頃はね、すごく仲が良かったの。お母さん、お母さんってどこに行ってもついてきて。買い物に出かけた帰りにフードコートで買い食いをしたり、一緒に粘土をこねたりね。楽しかったわあ」

すみれの命日は、震災の発生日とされた。一周忌の法事のあと、仏壇に供えたお茶を取りかえながら、黒のワンピースに小粒の真珠のネックレスをあしらったすみれのお母さんは深々と息を吐いた。

「中学に入った辺りからかしら。むずかしい年頃よねえ。あの子じいっと私を見て、お母さんは、いつも私かお父さんにくっつこうとする。自分ってものがないの？　なんて生意気なこと言うのよ。そういう子だった。私も接し方がよくわからなくなっちゃって、それから家を出るまで、ずっとうまくいかなかったわ。——だからね、少しだけ嬉しいのよ。こうしてごはんを取り分けて、世話をして、話しかけていると、やっと本当の親子に戻ったなあって感じがするの」

背後で正座をしていた私は、かたわらの遠野くんと顔を見合わせる。すみれからは家族について、お母さんの口癖が「こんなにやってあげてるのに」で、それがうっとうしくて距離を置いたと聞いている。遠野くんは余計なことを言うなとばかりに、まじめくさった顔で首を横に振った。礼儀正しくお茶を飲み、お母さんをいたわってからすみれの実家をあとにした。遠野くんの車で家のそばまで送ってもらう。

「もしあの仏壇にすみれがいたら、いやがってるだろうね。せっかく家を出たのに、寝ても覚めてもお母さんの愚痴を聞くの」

助手席の窓枠に頬杖をつきながら言うと、彼は少しうなって首をひねった。

「まあ、死んじゃったら、みんな仏様だから」

「出た、ホトケサマ。死んだら、生きている間のいやなこともぜんぶ水に流して、自分にやさしくなってくれるはずだ、って都合が良すぎない？」

「でも、ああいう風に考えたらお母さんは楽になるんだろ」

「もし……まだわかんないけどね、もしもすみれが亡くなってたとして、遠野くんは、仏壇にあの子がいるって思うの？」

「さあ」

「えー」

「いると思えばいるんじゃないか」

いかにも適当な返事に苛立って、黒いスーツを着た横顔を睨《にら》む。けど、輪廻《りんね》とか、無とか、子々孫々を見守っているとか、死後にまつわるあれこれは、喪服を着ているときでもなんだか話しにくい。馬鹿馬鹿しいや恥ずかしいに似た感情が唇のはしをむずつかせる。同じようなことでも学校の怪談や、見知らぬ幽霊やお化けの話ならかんたんに娯楽にできるのに、距離が近くなったり、ましてや自分の死にまつわることになったりすると、途端に難しくなる。

「すみれの母さんだって、そりゃ、死んだ後よりも生きているうちに仲直りしたかっただろうさ」

「勝手だなあ」

それから私の家の前で車を停めるまで、二人ともあまりしゃべらなかった。

もう二年も前のことだ。あの頃はまだ、もし、を付けずにすみれが死んでいるとは口にできなかった。一年も所在が知れないのだから、望みはないと頭ではわかっている。けれど心のどこかで、薄い風のような期待が消えなかった。

そして今日、私たちはすみれの荷物を車に積んで、再び彼女の実家へ向かっている。まるで、私たちはあの子を待つのを止めました、と宣言しに行くみたいだ。

すみれの実家は東京の西の方にある。土曜の午後は道が空いていて、小一時間ほどで庭付き二階建てのなんの変哲もない一軒家に着いた。ひと月前の四回忌に訪れて以来だ。

「いらっしゃい、ありがとうね。わざわざ」

玄関を開けたすみれのお母さんは整頓された和室へ私たちを迎え入れ、部屋のすみの仏壇に話しかける。すーちゃん、お友達が来てくれたわよ。私は落ち着かない心もちで仏壇の前の座布団に正座し、リンを鳴らして手を合わせた。遠野くんもそれに続く。

蠟燭《ろうそく》立ての隣にはまだ新しい澄んだお茶と、お昼ごはんだったのだろう小さく切り取られたお好み焼きが供えられていた。手分けをして、段ボール箱を和室へ運び込む。

「こんなにたくさん、大変だったでしょう」

お母さんは畳に並べた六つの段ボール箱を、一つ一つ開けていった。取りだした品を膝へのせ、裏返したりひっくり返したりと吟味し始める。途中でお父さんが顔を出したので、二人で挨拶をした。よく来たな、最近はどうしてる、といった当たり障りのない会話のあと、お父さんは段ボール箱をちらりと見ただけで他の部屋へ入っていった。

すみれがよく着ていた、レモンイエローの花模様が散ったレーヨンのワンピースが畳へ引き出される。

「あの子、昔から黄色が好きだったわ」

「よく似合ってましたね、これ」

甘いものと苦いものを同時に嚙みしめた顔でうなずき、お母さんは親戚の子の背丈に合いそうだというコートやワンピースをいくつか選び出した。最後に、貴金属が納められたアクセサリーボックスを開く。

自分では手を出せないからすみれの親族に任せようと決めていたのに、いざお母さんの手がふたを持ち上げ、ためらいのない手つきでアクセサリーを畳へ広げ始めると、こめかみがちくりと痛んだ。なんだかいやだ、と思う。これはすみれのものだ。こんな微生物が動物を分解するように、細切れにされるのは変だ。なら、箱ごと燃やして、あの世に届けてやればよかったのか。

馬鹿馬鹿しい。そんなこと誰もやっていない。これは当たり前の形見分けだ。違和感を顔に出さないよう、奥歯に力を込める。アクセサリーをていねいに広げたお母さんは、苦い微笑を私へ向けた。

「真奈ちゃんもなにか持っていってちょうだい。お友達に使ってもらえたら、きっとすみれも喜ぶから」

「はあ……」

すみれは、本当に喜ぶだろうか。うまく想像できないまま、華やかに輝くアクセサリー類を眺める。

ワンピースよりもバッグよりも、お金の固まりのような装飾品が一番生々しく、手を出すのがためらわれた。迷った挙げ句、私は大学の頃にすみれが付けていたゴールドのクロスペンダントをもらうことにした。これならそう高いものではないだろう。

むしろ、まだとってあったのかと驚く。

　ボックスを覗き込んでいたお母さんが、あら、と小さな声を上げて指輪の一つをつまんだ。大きな深緑の宝石がついた、いかにも高そうな品だ。

「おばあちゃんの形見だわ」

「わ、きれいですね」

「私の母親なんだけどね、ずいぶん気難しくて……まあ、年をとると、うちの家系はだいたい気難しくなるんだけどね。他の親族とはあまり仲良くなかったんだけど、すみれのことだけはもう猫みたいに可愛《かわい》がってたのよ。そうだ、そうだったわ、この指輪はすみれがもらったんだった」

　ちょっと待っててね、と席を立ち、お母さんは隣の部屋からアルバムを持ってきた。なかには古びた家族写真が納められている。子どもたちを集めたパーティや、行楽地での記念写真。昔の写真は色が濃く、やけにその場の空気が親密に見える。

　幼《おさな》いすみれはあまり写真が好きじゃなかったのか、緊張したぎこちない表情を浮かべていることが多かった。成長とともに顔の輪郭や髪型が変わっても、少し垂れた目のかたちはずっと同じだ。すみれのお母さんは、なにか遠くのものへ目を凝らすような顔つきで写真の表面を撫でた。

「おばあちゃんの葬儀のときに、まだ小学生だったすみれが急にムキになって、この靴下をお棺に入れなきゃだめなんだって騒いだの。なんてことない紫色の保温靴下なんだけどね。おばあちゃんは足が冷えて困ってたから、靴下を変えたらいやがるって、白足袋に文句言うのよ」

「やさしいなあ」

「きっと今ごろ、二人して縁側でお茶でも飲んでるわ」

「そうですね」

ただでさえ、辛い死に方をしたかもしれないのだ。せめて彼女の死後がやさしいものであって欲しいと、会ったこともないすみれのおばあさんへ託すように思う。すると、暗い水底の辛い想像がすっと遠のいて、頭の芯が楽になった。もう少し形見の品をもらっておこうかとすら思う。すみれが、いいよもう私は使わないんだから真奈にあげるよ、と微笑んでいる気がした。

ふと、あまりしゃべらない遠野くんが気になって振り返る。彼はお茶を飲みながら、こちらに興味を向けることなく仏壇をぼうっと眺めていた。

アクセサリーボックスをお母さんへ渡し、残った品をまた段ボール箱へ詰め直す。衣類をだいぶ引き取ってもらえたので、箱は六つから三つになった。遠野くんの部屋に持ち帰って、他にもらいたいものがないか、もう一度ゆっくり考えることにする。暇《いとま》を告げて、段ボール箱を車へ運ぼうと力を込める。ふいに、内出血をしている右腕のあざがつきりと痛んだ。

すみれが辛いと、こちらまで辛い。だからあの子はもう辛くないということにしてしまいたいんじゃないか。意識をよぎる、黒い鳥のような思考に体温がすっと下がる。帰り支度をして、すみれの両親にお礼を言ってから遠野くんの車の助手席へ乗り込んだ。頬杖をついて窓の外を眺める。

よかったなだのなんだの、ハンドルを握る遠野くんがなにか呼びかけてくるものの、頭が回らずうまく返事ができない。よく晴れた土曜日の街並みが歪む。

すみれ、と呼びたい。なあに、と一言返してくれるだけでいい。

「一番好きだった服とか、もしわかったら、燃やして届けてあげたいのにね。夢でもお告げでも、なんでもいいから、言ってくれたらなんでもするのに」

ただの世間話として言いたかったのに、語尾のあたりが中途半端に揺れた。

「そういえば、夢とかぜんぜん出てこないな。まあ、案外そういうもんなんだろうな」

遠野くんはハンドルを握ったまま、ただの世間話の声で返した。

4

道の途中で、男の人が片手を上げている。ふらり、ふらり、と指先が外へ流れる手の振り方で、恋人だと気づいた。

お待たせ、と習慣的に口にすると、なんだか本当に待たせていた気分になる。うん、と一つうなずき、彼は自然な仕草で隣を歩き始めた。指先を大雑把に絡ませる。皮膚の重なる部分が熱い。男はトートバッグを持ってくれようとした。重くないから、と私はそれを断った。バッグと、男の手とで、両肩に重みがかかるのがちょうどいい感じだった。

ところどころの裂け目から草花が伸びた手入れの悪いアスファルトの道を、手をつないでゆっくりと歩く。どちらからともなく公園に入る。中心に噴水が設置された広場のベンチに腰を下ろし、爪を立てたりくすぐったりとお互いの手をもてあそんだ。人目がなかったので、顔が近づいたのを合図にひたりと唇を合わせる。頭がとろみのある温かな液体で満たされ、周囲の音が遠ざかる。

　けれど唇を離し、至近距離で目を開いた瞬間、私はこの人と付き合っていたんだっけ、と確信が持てなくなった。黒い目が濡れた石のように光っている。唇が上向き加減に潰れていて、頬が浅黒い。比較的好きな顔立ちだけど、この人だったっけ。よく思い出せない。恋人。縁のある人。なぜこの人と、この顔の人と、私の縁がむすばれたのだろう。

　申し訳ない、と唐突に思う。恋人として熱心に見てくれているのに、私はうわの空で確信が持てないでいる。ただ、目の前の彼だって熱心に見せているだけで、本当はうわの空なのかもしれない。そんなことを思いながらもう一度唇を合わせると、いたわる気持ちが湧いて恋人の頭を撫でたくなった。うなじからつむじまで、硬く短い髪を搔き上げる。

　それでもやっぱり、違う気がする。

　ベンチから立ち上がり、またゆらりゆらりと歩き続けるうちに、夜になった。気がつけば私は、屋台で熱々のラーメンを食べていた。麺を吸い上げながら湯気ごしにそっと隣を覗くと、一緒にいる男の顔が変わっていた。ずいぶん年上で目が鋭い、涼しい感じの男になっている。見覚えがあるような、ないような、胸にうっすらと甘いものが湧く。この男は確か恋人ではなかった。他の女と契《ちぎ》っていて、でも私の面倒を見てくれる立場の人で、ついつい強く執着した。頰の辺りの、人を突き放す翳りがいい。すてきだ。この人の中身、誰かを慕《した》う心を丸ごと手に入れたい。こわくて重くて美しい、男の人というものを、私はいつだって好きだった。

けれどやっぱり、違う気がする。

食事を終えて、外へ出た。脂の臭いをぷんぷんさせる私たちと同じく、味噌《みそ》や魚やアルコールの臭いを吐き出す影が縦横無尽に行きかって、駅前は黒い濁流のようだった。目元の涼しい男は、庇護《ひご》を匂わせる強い力で私の手を握った。私もはぐれないよう指先が痺れるほど強く男の手をつかみ、その流れに分け入った。揉みくちゃにされた体が前後左右に引き絞られる。

圧力に負けて、つないだ手があっけなくちぎれた。あ、と思って目を合わせる。男の体が黒い波に呑《の》まれて見えなくなった。消えた。そうだこの人はある日、果物のように私の人生からもぎ取られた。手が軽くなった反動で、ぐるんぐるんと黒い人混みに揉まれて回る。

一心に握りしめていたって、奪われるときは一瞬だ。私だってあの男を、他の女から奪おうとしていた。愛とか恋とか。そう、乱暴に見下してせいせいする。私にはそういうところがあった。情が薄く、すぐに飽きてどうでもよくなる。ほんの少しの風向きの変化で、それまでの気持ちを忘れてしまう。欲望の器がひゅっとしぼんで小さくなる。小さければ小さいほど、満たすのはたやすい。単純に、一つのものごとを同じ容量で考え続けられるだけの能力がないのかもしれない。

ぐるん、とやや捨て鉢で大振りな回転をしたところで、肩がわさわさした柔らかいものにぶつかった。紅色の花をたくさん付けた、人と同じくらいの背丈の花木だ。黒い流ればかり見ていたので、久しぶりの色合いが目に染みた。

ぶつかった衝撃に揺れる花が、ふいに吐息のような声をもらした。

フ。

カ。

ク。

フカク、フカク。フカクフカクフカク。フカク、フカク、フカク。フカクフカク、フカク。フカク。

花が左右に首を振るたび、フカクフカクと声がこぼれる。フカク。フカクフカク、愛し合って、選び合って、救い合う。生きて死ぬことがそういうものでなくてはいやだと訴える大胆な花を眺めるうちに、お腹《なか》の辺りが明るくなって笑いが込み上げた。

愛や恋をそんな風に信じたことはなかった。信じると、大変だ。満たす器は小さいに越したことはない。フカクフカク。フカクフカク。欲の深い言い方を真似てみれば、紅色の花がぽこぽこと体の中で咲いていく。

濁流に押されるまま、上機嫌で回り続けた。それほど言うなら、自分も底抜けの願望をなにか一つ、叶《かな》えてみたくなった。なんだろう。私は、一体なにが欲しいだろう。おかしくってたまらない。一際大きくターンをする。どん、と誰かの背中にぶつかった。振り返った男には、しっとりと目元を湿らせる泣きぼくろがあった。とっさに強く手を握る。男は驚いた顔をして、少し遅れて握り返してきた。

泣きぼくろの男の部屋へ向かった。男は風呂場でていねいに私の髪を洗ってくれた。傷めないように、傷めないようにと念じるような手つきだった。病《やまい》のようにやさしい男の気配が気に入って、私も新しい遊びを覚える気分でしゃかしゃかと男の髪を洗い返した。

この人だっただろうか。そうだった気もするし、そうじゃなかった気もする。

泣きぼくろの男はシャンプーを泡立てるのと同じくらい、他人に触るのがうまかった。人の背中や肩や手の甲へ、信頼できる家族のように、奪うよりも与えるかたちでぽんと触る。人が傷んでいたり、こわがっていたり、すくんでいたり、疲れていたり、そんなときはなんとなくわかるのだという。おかげで男は周囲の、特になんらかの傷を負った人たちによく好かれていた。

美しい特技だ、と讃《たた》えると、男は物憂《ものう》げに首をひねった。もしかしたら、あまりやらない方がいいのかもしれない。ただ苦しそうという理由だけで手を出すのは、その人を汚《けが》してるように思うことがある。

よくわからない、と首を振ってみせる。男はしばらく考えてから、俺には人生で一度、目玉が溶けるほど大泣きするときがくるんだ、と目尻のほくろを指さして冗談っぽく言った。調べたところ泣きぼくろにそんな暗示はなかったのだが、彼の家ではそういうことになっていたらしい。その苦しい苦しい大泣きの日が本当に来たとして、たとえば今の俺みたいなおせっかい野郎が現れて、苦しみをごまかしたり、薄めたり、そこから引き上げようとしてきたら、きっとぶん殴りたくなる。俺はなにがこれほど苦しいのか、この苦しみがなぜ俺の人生に投げ入れられたのか、一生懸命に考えてるんだ。ぎりぎりの、精一杯の、神聖な戦いなんだ。邪魔をするな、って思う。

でも、それではそばにいる人間はさみしいだろう。苦しみにあなたを奪われて、閉め出された気分になるだろう。男の孤独に抗《あらが》おうと口にすると、男は静かに、けれどきっぱりと首を振った。他の人じゃ、力になれない。

それじゃあ、人間が二人でいる意味なんてないじゃない。見つめ合って、言葉が絶える。鉄の壁に触れているような寒々しい心もちで男の胸を叩く。男も時折、私の肩に頭を預ける。

フカクフカク、と花の駄々が耳へよみがえる。私は、なにを望んでいるのだろう。鉄の壁を打ち壊せばいいのか。それとも体温が移るまで壁に寄り添えばいいのか。触れた指から染まっていきそうな紅色がまぶたへ浮かぶ。花は答えをくれない。けれどあの色はよかった、きれいだった、信じたいなあと思いながら男と手をつないでいた。

それから時間が過ぎて、私たちがフカクフカクの関係になれたかはわからない。けれど男と暮らしていると、たまにずっと前からこの男を知っていたような気分になった。男を撫でているんだか自分を撫でているんだかわからなくなり、男が苦しいと私まで苦しくなるような、境目がなくなる瞬間があった。

目玉が溶けるほど大泣きする日なんて来なければいい。まだ窓が暗い明け方に、安らかな寝顔を見下ろす。どうかこの人がこわい目に、悲しい目に遭いませんように。本当にそんな恐ろしい日が来るなら、せめてそばに居られますように。この願いもまた、男の言う「ぎりぎりの神聖な戦い」を汚すものなのかもしれない。

ただひたすらに男の幸せを願う一方で、ふんわりと心の端が浮き上がって甘くなる。こんな願いを持つ自分を善いものだと感じられるからか。それともこんなに善い私を、この人はきっと好きになるはずだ、この男の心は私のものだ、と思うからか。フカクフカク。フカクフカク。フカクフカク愛し合って、選び合って、繋ぎ合う。花の望みは、そういう支配に根ざした願いなのだろうか。

つまらないな、と天井と床に挟まれた薄暗い中空を眺める。私の欲望なんて、全然自分から離れられなくて、遠くに行けなくて、本当につまらない。眠る男の頭に片手をのせる。髪を撫でようとして、なんだかそれも彼を汚すことのように感じて、指を動かせないまま、男のまつげが作る薄い影をじっと眺める。

靴を贈られた。

フロントに小さなリボンが付いたピンクベージュのパンプスで、足の甲を美しく剥き出してくれる可憐なデザインだった。その靴は繊細な見た目に反して、いくら歩き続けても全然足が痛くならなかった。靴裏に貼ってある厚めのゴムと、爪先に負担をかけない設計の確かさのおかげだろう。しっとりと吸いつくような履《は》き心地で、一歩一歩を踏み出すたびに血が巡って気持ちがいい。

歩くの、好きでしょう。確信を持った、重さのある心地よい声だった。嬉しくなって、うん、と心の底から声が出る。

一度その美しい靴を履いたら、もう他の靴は履けなかった。私はいつもその靴を履いた。まるで新しいぴかぴかの足が生《は》えたみたいに、どこまでだって歩くことができた。時々は二人で、でも基本的には一人で風の吹き抜ける美しい場所を訪ねて回り、地面をたん、たん、と踏みしめた。金色の喜びが足の裏から湧き上がり、じわじわと全身を染めていく。

男からもらった靴のおかげで、男のいない場所でも幸せになった。混雑を抜けて、男とどこまでも行こうと思った。行ける、と信じていた。

それなのに、気がつくと私だけが一人で歩いていた。いつ別れたのか、なぜ別れたのか、それすらもわからずに草の生い茂る川沿いの小道を、振り返ることも出来ずに進んでいく。

もう帰り道もわからない。

男の名前を呼びたいのだけど、どうしても思い出せない。覚める間際の夢のようにかき消えた彼の顔も、たくさんの約束も、鉄の壁を見つめることも、大事にする方法がわからなかったことも、町と一緒に流れ去った。大事にしたかった。彼が私にしてくれたように、大事にしたかった。私よりも先にこの一人の道へ分け入った人たちも、同じようなことを思ったのだろうか。
私の足はあいかわらず、美しい喜びの靴に守られている。

5

「忘れてた」

そう、部屋に帰った早々に遠野くんは呟いた。すみれの実家から持ち帰った段ボール箱を元通り和室へ積み上げ、どこかから折りたたみ式の踏み台を引っ張り出してくる。半畳ほどの狭い玄関のたたきでそれを開き、頭上へ伸び上がった。天井近くに作られた収納棚の扉を開く。

「何が入ってるの？」

「もうあんまり履いてない靴。ぜんぶ捨ててもいいくらい。あ、でも」

スニーカーや革靴などの男性靴が次々に取り出される。最後に遠野くんは腕を伸ばし、棚から紙袋を二つ取りだした。私へ差し出す。

「これはすみれの」

「ふーん」

古い靴をゴミ袋へ放り込んでいく遠野くんの横で、すみれの靴をたたきへ並べた。すべて合わせて十五足ほどか。カラフルなスニーカーが多い。どれも履き込まれて、かたちはくたびれているものの、目立った汚れがないのはこまめに洗われていたからだろう。

「スニーカーばっかり」

「少しでも足がキツい靴はいやがってた。おしゃれなパンプスとか、ハイヒールとか、履けないんだって」

「言ってたねー。買ったばかりの靴が合わないって、裸足《はだし》で授業受けてたことあったよ」

「ああ、そういえば。今日は珍しくハイヒールだなと思ったら、やっぱ足が痛いっつって、電車の中でいきなり脱ぎ出して」

「それ、きっと遠野くんと出かけるから、いいとこ見せようと思って我慢してたんだよ。私の前でハイヒールなんか履いてなかったもん」

狭いたたきを埋める靴を見つめ、和やかな思い出を語り合う。記憶の中のすみれはふんわりと淡い光を放っている。どうしたって手に意識が行く。手を、あの手を、つかんだままでいれば。私よりも白い、水をつかむように冷たい手。どれほどの大きな力が、私からあの子をもいでいったのだろう。たとえば災害の衝撃をこの肌で感じていたら、「あんな大きなものに奪われたなら仕方がない」と納得できたのだろうか。何も感じないうちにすべてが終わっていたから、こんな意味のない妄想がずっと、止まらないのだろうか。

物思いに耽《ふけ》る私を置いて、遠野くんはてきぱきと自分の靴の分別を終え、新しいゴミ袋を広げた。すみれの靴を見下ろす。

「湖谷、どれか持ってく？　足のサイズは？」

「……二十三」

「ああ、じゃあ、あいつの方が少し大きいのか」

ぜんぶ処分する、とファミレスの向かいの席で言われた声がよみがえる。この靴たちも捨てられる。残り少ないすみれの欠片《かけら》がこの世からなくなる。ただでさえもう体はなくて、いや生きているかもしれないけれど、そうであって欲しいけれど、そうではないかも知れなくて、それなのにぜんぶ捨てる、とこの男は言う。そのうち、すみれがいたことすらわからなくなる。命や体を奪われ、この上さらに彼女がいたという存在の椅子まで奪われる。

ぞわっとうなじの毛が逆立《さかだ》ついやな感じがした。

「遠野くんさ」

「ん？」

「もしかして、新しく好きな人ができたの？　引っ越し、転勤のせいとかじゃないんだよね」

遠野くんはちらりと私へ目を向け、ゴミ袋を振ってぱん、と内部に空気を送り込んだ。

「そりゃ、湖谷にはぜんぜん関係のないことでしょう」

「そうだけど」

「なんでずっと怒ってんの」

「怒ってないよ」

「怒ってる。俺にも、すみれの母さんにも」

このへんはいいだろ、と言いながら遠野くんはそばへしゃがみ、たたきに並べたすみれの靴から傷みの激しいものを選んでゴミ袋へ入れた。彼が腕を伸ばすたびに頭がこちらへ近づき、髪が香る。

「怒ったってさあ」

そう呟いて、遠野くんは言葉を途絶えさせた。私は間引かれていく靴を眺めながら続く言葉を待つ。そのまま黙々と遠野くんは靴の整理を続けた。特に状態の良かったスニーカーを三つほど残す。

「気になるなら持って行きなよ。重たきゃ車で送って行く」

「ありがとう」

「夕飯食いに行こうか。帰ってきたら、持って行くもん決めて」

「わかった」

財布だけを持って、駅前の商店街へ向かった。うまいとこがあるから、と遠野くんは迷いなく一軒の蕎麦《そば》屋へ入る。入り口の近くがテーブル席、奥は座敷になっていた。天井のすみにテレビが置かれている。店内は地元の人らしい親子連れやサラリーマンで賑《にぎ》わっていた。

テーブル席へ向かい合わせに座り、私はかき揚げ蕎麦、遠野くんは鴨南蛮《かもなんばん》を注文した。温かいつゆから柚子《ゆず》の香りがした。かき揚げには小えびが入っていた。レンゲを使う遠野くんの長いまつげを見ながら、すみれは何度もこの景色を見たのだろうと思った。

食事を終えて店を出る。またあの部屋へ戻ろうと、青暗い道を辿る。

遠野くん、と先を行く猫背へ呼びかけた。

「少し、息抜きに散歩してくる」

遠野くんは振り返り、少し考えてから「俺も行く」と足の向きを変えた。生白い腕を持ち上げて、あっち、こっち、と方向を示す。いくつかの道を折れ、進み、やがて川沿いの散歩道へ出た。夜空を映した黒い川がさらさらと涼しげに流れている。先を歩く遠野くんの背中から、三歩ほど遅れて歩いた。

ふと、この人と歩くのはこんな風な静かな場所ばかりだな、と気づいた。

すみれが帰って来なくなってから、休みを取って何度か東北地方を訪ねた。その道中のいずれも遠野くんと一緒だった。一人で行くのは辛く、かといってすみれの親族や、他の知人と行くのは感情を調律しなければならない気がして苦しかった。それなりに気心が知れていて、同じような時期にすみれと関わっていた遠野くんと行くのが一番自然で、抵抗がなかった。

沿岸部の恐ろしい景色に言葉を失いながら、私たちは閑散とした町を歩き続けた。砂浜に線香を立て、白く明るい海に手を合わせた。目をつむっていくら呼びかけても彼女の声は聞こえない。

大学時代、遠野くんと会うときにはいつもすみれも一緒で、二人きりで会うことなどなかった。だから私と遠野くんが二人でいるときは、遺品探しだったり法事の行き帰りだったりと、さみしい道ばかり歩いている。

先を行く遠野くんがこちらを振り返った。歩調を緩《ゆる》め、私が隣へ並ぶのを待っているように見える。かかとに力を込めて足を速め、話がしやすい距離まで近づいた。

「なに？」

「あのさ。もう、震災の二週間後ぐらいから言ってたの、覚えてるか？　すみれの母さんが、早く死亡の手続きを済ませたいって」

「ああ、うん」

当時を思い出して、うっすらと眉間にしわが寄った。こんなに早く娘の生存の可能性を諦めるのかと驚き、拍子《ひょうし》を外された気分になったのを覚えている。

「あの人が一番早かったんだ。なんつうか、すみれが死んでいても仕方ないって受け入れるのが。こうしている間にも苦しんでるかもしれないから、一秒でも早く供養をしないとダメだってはっきり言って、生きてるときとは扱いを変える、ハードルみたいなもんを真っ先に跳んだ」

「子どもを思う、母親らしくていいんじゃない。なにが言いたいの」

話の先が見えず、少し苛立って要点をうながす。遠野くんは黒い川面《かわも》に目をやりながら、言葉を慎重に選んでいるように見えた。

「俺からすれば湖谷とすみれの母さんは、すみれが楽でありますようにって、まったく同じことを言ってるように見えるんだけど」

「なにそれ、ぜんぜん違うよ。すみれのお母さんは、なんていうか、すみれが死んだことで、すごく自分にとって都合がいい娘の像を頭の中に作ってるでしょ」

「でも、自分にとって都合が悪い死者の像なんて、わざわざ考えてどうするんだよ」

「都合が悪いまでいかなくても、……なんだろう、だから、そう、死んだからってあれこれ勝手に解釈しないで、生きているときと同じように注意して扱うのがすみれに対して一番誠実じゃない？　だから、お母さんとは逆なの」

しゃべりながら、だから私はうまく形見分けができないのだ、と腑《ふ》に落ちた。すみれを死者として扱うことができない。許しもないのに、服やアクセサリーを奪うのは悪いことだし、居場所をなくしたら彼女はきっと悲しむから、現状を変えたくない。遠野くんの心変わりが許せず、すみれのお母さんの解釈が勝手に思える。なんだか自分がもっとも誠実なすみれの味方である気がして、少し嬉しくなる。

隣を歩く遠野くんは、ふーん、と気のない相づちを打った。

「俺とは違う」

「そう？」

「俺はどっちかっていうとすみれの母さん寄りで、もうあいつを頭んなかで生かすのを、止めようと思う」

「ようするにどういうこと？」

「そうだな、忘れてもいいことにする」

「……人って、三年で変わるもんだね」

なじる声にはあからさまな棘が混ざった。震災の直後、すみれが帰ってこないと連絡されて慌てて会いに行ったときには、すっかり目元の落ちくぼんだ、自分まで死んでしまいそうなほどやつれた顔をしていたのに。たった三年でこの男は、表情をちらとも変えずに彼女を忘れると言う。

体中から黒い油のような憎しみがじくりとにじみ出すのがわかる。こちらを向いた遠野くんは、そんな私の反応を知っていたような涼しい声で続けた。

「湖谷ももういい加減、すみれのためとかすみれに悪いとか、あいつを理由に生き方を変えるのをやめた方がいい。その腕のあざを、ずっとぐりぐりこねくり回してるようなもんだ。わざと治さないの。湖谷の腕が壊死《えし》したって、あいつにはなんの助けにもならないのに」

「……なに言ってんの？」

唐突に指し示され、内出血の残る肘の内側が鈍く痛んだ。ああ、この人はなにもわかっていない。あまりの怒りに全身から血の気が引いて、思考がばらばらに砕けていく。舌がもつれ、語尾が攻撃的に跳ね上がった。

「誰も知り合いのいない場所で、一人で、ものすごくこわい思いをして死んだのかもしれない。悼んで、悲しんで、ずっと覚えていて、当たり前でしょう。そうじゃなきゃ、あの子だって浮かばれない」

遠野くんは眉を寄せた。目尻に細い嫌悪が流れる。死んだ娘の幻を仏壇に住まわせるすみれの母親を見ていたときの私と、似たような目をしていた。

「確かに、あいつは辛い死に方をしたかもしれない。気の毒だし、俺だっていやだ。でもそれはすみれが一人で背負う、どうしようもないもんだろ。他の奴《やつ》がなにかできるなんて思うべきじゃない」

「気の毒？　すみれ一人？　ねえなんでそんなに他人事なの、供養って言葉の意味、わかってる？」

「落ち着けよ。供養はずっとする。法事だって」

「そういうことじゃない！」

こんなときでさえ遠野くんは、声もたたずまいも憎らしいくらいに静かだ。音も光もない真夜中の海のように、私からほとばしるものを飲み込んでしまう。それが今は、たとえようもなく腹立たしい。

荒れた呼吸を整えようと、深く息を吸う。乾いた空気が喉へと刺さって咳《せ》き込んだ。遠野くんは静かに私を見ている。澄んだ黒い瞳を見返すうちに、腹の底で小さく熱いものが破裂し、まとまらない言葉が弾丸のように喉を駆け上がった。

「生まれてきて、育つ間、誰だって頭の中は一人でしょう? でも、いつか一人じゃなくなるって信じて大人になるんじゃないの? それなのに大人になっても一人のまま、死んだあとも隔絶された苦しさの中に置き去りにされて、あ、あんなむごい死に方すら、たった一人で背負うものだなんて言われたら、あの子は一体なんのために生まれてきたの!」

惨死を越える力をください。どうかどうか、それで人の魂は砕けないのだと信じさせてくれるものをください。繰り返される黒い波の映像を見ながら血を吐くような心地で願った。あそこに、あんな恐ろしい場所にすみれはいたのか。だから帰って来られないのか。私だったら、一人では耐えられない。だから遠野くんがこの暗くさみしい道から去ると言うなら、なおさら私は彼女を置いていけない。方法もなにもわからないけれど、できる限り思いを寄せて、つながりを保ち、暗闇にうずくまるすみれが砕けてしまわないよう、こちらへ結びつける肉の緒にならなければいけない。

こういった言い合いの最中に私がどれだけ怒っても、睨んでも、ぴくりとも表情を変えなかった遠野くんが、初めて目を見開いて生々しい驚きをあらわにした。さあさあと吹き抜ける夜風が周囲の草花を揺らす。空の高みで八分ほどまで膨らんだ月の、冴《さ》え冴《ざ》えとした白さが眩い。

遠野くんはいつもよりも長く考え込み、やがて、この人はこんな声が出せたのか、と思うほど穏やかな声で言った。

「死も、無念も、一人でなんとかしなきゃならないのは、俺は当たり前のことだと思ってる。それをそうじゃないってことにするのは、人生の最もしんどくて味の濃い部分を、ごまかしてるようにすら思える。……でも、湖谷にとっては違うんだな」

「……甘えてるって言いたいの？」

「いや、今、そんなに根っこの部分から違うもんなんだって驚いた」

遠野くんの声にいやな響きは全然なかった。ただ本当に驚いて、感心しているらしい。相変わらず変な人だ、と肩の力が抜ける。

「大人びてるね。悟ってるっていうか」

そう呟く私の声には、子どもっぽいいやみが混ざる。遠野くんは首を傾げた。

「どうだろう。認識しないものは、欲しがらなくて済むからな」

「よくわからない」

「そういう、目の前にないものを欲しがる湖谷は、いつか俺が俺の人生で手に入れるものとは、全然違うものを手に入れるのかもしれない」

予言めいたことを言って、遠野くんは口をつぐんだ。気がつけば、ずいぶん長く川べりを歩いていたようだ。町の中心部から遠ざかったせいか街灯の数が少なく、隣を歩く彼の表情さえよく見えない。

川に架かった橋を区切りに足を止め、遠野くんはこちらを向いた。

「そういえば、さっきから思ってたんだけど、置き去りってことは、湖谷にとって死んだ奴はずっと同じ場所に留まってるイメージなんだな」

「え？」

あまりに予想外のことを言われ、一瞬意味がつかめなくなる。遠野くんは眉を寄せ、言いにくそうに顔をしかめた。

「いや、すみれだからかもしれないけどさ。あー……変なこと言うと……俺は、歩いてる気がするんだ」

「歩いてる？」

「うん。苦しいとか辛いとか、そういうのを感じるなにかが残るなら、あいつは歩くのをやめないと思う」

遠野くんから、すみれの死後にまつわる空想なんて初めて聞いた。いつも私やすみれのお母さんが話を振っても、彼は慎重に回答を避けていた節がある。

歩く。歩いているのだろうか。白いふくらはぎが目前でひらめく。そうだ、しっかりと地面を踏む人だった。一定の速度で、なめらかに、迷うことすら楽しみながら、気持ち良さそうにどこまでも歩いた。

「出かけるときも、うちの新商品の、そのあとロングヒットになっためちゃくちゃ歩きやすい靴、履いて行ったし。……俺たちがずっと同じところにいたら、たぶん、置いていかれる」

だからさあ、と続ける遠野くんの声が湿り、語尾が頼りなく潰れた。

泣いているのかと驚く間もなく、暗い川辺の景色が水っぽくふくらみ、そばに立つ遠野くんの姿がにじんで見えなくなった。まばたきをする。透明な殻がぼろぼろと目の前で砕ける。いいのだろうか。そんな甘い毒のような幻を信じて、本当にいいのだろうか。それはすみれを見捨てることにならないか。でも、歩いているなら、それはとても、とても、彼女らしい。

ああ、私は。

すみれを失って、この世の物事で痛みや諦めを伴わないものはすべて嘘《うそ》だと思うようになっていたのかもしれない。そうでなければ許されない気がした。最も深い苦しみだけが、本当のものであるように思っていた。

まばたきのたびに世界が砕ける。夜が深くて助かった。私だけでなく遠野くんも、泣き顔なんて、見たくも見せたくもなかっただろう。ひくつく喉を押さえ、なるべく音を立てずに深く息を吸った。

やがて目を合わせた遠野くんは、歯を食いしばりながらぎこちなく言った。

「戻ろうか」

「うん。もらうもの、まとめなきゃ」

「なあ、友達だと思ってる。あんまりそっちに引っぱられないで、元気でいてくれよ」

「ありがとう。遠野くんも」

続く気持ちがうまく言葉にならなかった。元気でいても、がんばっても、なにか違う。手を伸ばし、平べったくて熱い背中を二回、力を込めてぱんぱんと叩いた。

草と砂利を踏み、また遠野くんに続くかたちで川沿いの道を引き返した。すみれ、と胸で呼びかけるたび、蛇口の栓をひねったように涙があふれる。痛みもひっかかりもない、泉が湧くのに似た涙だった。流れるままにして歩き続ける。街灯が並ぶ駅前に着く頃には、自然と涙は止まった。

こちらを振り返る遠野くんの目尻が、じんわりと赤い。月明かりに洗われた頰は白く、目元のほくろだけが黒い星のように光っている。泣きぼくろの人が色っぽく見えるのは、その人が泣くところを連想させるからだろうか。

「遠野くんさ、顔きれいだよね」

「は？」

「すみれは、きっと君の顔が大好きだっただろうなあって、今しみじみと思ったよ」

「あのな、俺は確かにイケメンだけど、中身もかなりいいのよ？」

「あはは」

泣き疲れた顔を歪めて笑い合う。段ボール箱の並ぶ部屋へ戻り、もう一度すみれの実家から持ち帰った荷物の中身を確認した。マフラー、ハンカチ、ブックカバー。香水の瓶《びん》と、星模様のペンケース。どの品にもすみれがいるような気がしたし、とっくに通り過ぎたあとのような気もした。

結局私は、初めに選んだ麦わら帽子とゴールドのクロスペンダント、遠野くんの手で選《え》り分けられた三足のスニーカーのうち、一番私の足に合ったミントグリーンの一足だけをもらうことにした。手をつないでいた夏の森で、私の半歩先を歩き続けていたスニーカー。これで充分だ。これ以上なにかを足すと余分になってしまう。

残った大量の雑貨や衣服を遠野くんと手分けして分別し、ゴミ袋に入れた。この世に残った彼女の断片を捨てていく。こんなにさみしいことを、遠野くんに一人でやらせないでよかった。私もやらせてもらえてよかった、と心から思う。淡々と手を動かしながら、なるべく目の前の物事からかけ離れた明るい話題を重ねていく。共通の知人の転職について。遠野くんの職場で餌付《えづ》けされているスズメについて。私が最近気に入っている靴のブランドについて。

「そういえば、遠野くんの泣きぼくろだけど」

これ、と言いながら自分の目尻を指さす。遠野くんはすぐにああ、とうなずいた。

「いいよね、セクシーで。モテる人のほくろなんでしょ？」

「なんだよそれ。そんな意味あるの？　俺の家だと、人生で大泣きすることが一度あるって意味だって言われてたよ。だから子どもの頃、しょっちゅう母親にかわいそうにって頭を撫でられた」

「え、そんなイヤな意味なの？」

「いいこと聞いた。これからはモテるほくろだと思って生きてくわ」

「大泣きとか、それを子どもに言っちゃうのもすごいね」

「なあ、ひどいよな。……でも、もう終わったと思う」

「え？」

「大泣きの日は終わったんだ。もう来ない。これからこれは、ただのモテるほくろ」

　遠野くんは、すみれが溜めていた使い方のわからない健康器具をまとめて燃えないゴミの袋に入れ、力を込めて口を縛った。てきぱきと小気味よく動く背中をしばらく眺め、私はうん、とうなずいて作業に戻った。

　処分するものをゴミ捨て場に運ぶだけ、というところまで終わらせて、私は固まった腰を押さえて背を反《そ》らし、帰り支度をした。

「もらって帰るもの、そんなに多くないから。電車で帰るよ」

「わかった、気をつけて。引っ越し先で落ちついたら連絡する」

「うん」

　持ち帰るすみれの遺品を紙袋へ入れて、アパートをあとにする。遠野くんは駅の改札口までついて来てくれた。

　じゃあ、と手を振って改札を通る。背後でフラップドアが閉まった瞬間、体の芯が鈍く痛んだ。

名前を、呼ばなければいけない気がする。あの男の子の、下の名前はなんだっけ。なんて呼んでいたんだったか。いつも名字で呼んでいるから、とっさに思い出せない。

理由もなく振り返る。遠野くんはまだそこにいて、不思議そうに目を丸くした。もちろん、私がこれ以上彼に言いたいことなどなにもない。なんでもないと笑いかけ、癒着した肉を引き剥がす心地でその場を離れた。ホームへ続く階段を上る。轟音《ごうおん》をあげてすべり込んできた電車に乗り込み、座席と扉の間にある銀色のバーをつかんで一息ついた。

丸みを帯びた車窓の向こう側で、静まりかえった夜の町が川のように流れていく。

「あっちゃん」

飴玉が口からぽろりとこぼれ出たような唐突さで、誰かを呼んだ。声は私のものよりもひんやりとして明るく、呼びかけた相手への甘く苦しい執着が、濡れた蜘蛛の糸のように光っていた。

脈絡のない悲しさが下腹でゆるりと渦を巻く。これはあの子からちぎれて、あの子ではなくなったものだ。麦わら帽子やペンダントやスニーカーと同じだ。そうわかった次の瞬間には、声を出したという記憶ごと、流れ込んだものが体から抜け去った。私は、自分が誰を呼んだのかもよくわからないまま、明日の出勤のことを考え始めた。

6

長い長い一本道を歩いていたら、瓦屋根のこぢんまりとした建物が道沿いに現れた。川の魚を釣り上げて、客に提供する小料理屋だ。端のほつれたのれんをくぐり、奥から出てきた夫婦に「しばらく置いてください」と頼み込む。日が沈み、また上り、それを幾度となく繰り返し、薄暗い厨房の手伝いに慣れた頃、私は朝方に妻が釣った魚をさばいて夫へ渡す、下ごしらえの仕事を与えられた。

かたい骨があるから、と妻は言った。こう、ななめに刃をすべらせて。

ことん、と音を立てて魚の頭が切り離される。宙を見上げる平たい目が血で汚れたまな板の上で鈍く光る。次に腹の皮を落とす。はらわたを取りだして、こう。

柔らかく細い妻の指が肉の裂け目へもぐり込み、赤黒い内臓をなんなく掻き出した。すぐさま水に晒《さら》し、肉を清める。尾を落として、開いて、中骨をそぎ取って。

「できあがり」

いかにも食欲をそそる、桜色の美しい肉が目の前で咲いた。おいしいよ、とあっさり言って妻は生臭い手を洗う。

「あなたもやってごらん」

うながされるまま包丁を握り、次の一尾をこわごわとまな板へのせる。銀色の目をしばらく睨み、先ほど教えられた通りの角度で包丁を当てた。なんの加減が悪いのか、押しても引いても頭は落ちず、ぎこちない刃先に潰されて魚は痛そうに身をよじった。

力を込めて、ごり、と骨を潰しながらようやく魚の頭を落とし、銀色の腹を切り開く。ひとかたまりの臓物を掻き出す指先に、ろっ骨の内側の細かな硬さと、脈打ってわななく赤い力が伝わる。痛くてこわい、と死を拒む力。ほんの一瞬、自分が腹を割《さ》いている方なのか、割かれている魚の方なのか、入り混じってわからなくなる。痛い、痛い、と自分の下腹にも赤い力を感じながら、痺れるような心地でみずみずしい肉を骨から切り離した。はあ、と大きく息を吐く。

そばで見ていた妻から、初めてにしてはいい、と褒められて嬉しくなった。冷たい魚の体に刃を入れる前から、こういうものだと知っていた気がする。骨の硬さも、肉の弾力も、赤い力も、新しく知るのではなく思い出した。

違う。魚をさばいていたのは私ではなく、一緒に暮らしていた男だったかもしれない。

草色のタイルが張られた古い台所で、男は冷蔵庫から鰯《いわし》を取りだした。みじみじと音をさせながら、大雑把な手つきで包丁をふるう。骨っぽい指が銀色の腹の裂け目へもぐり込む。それを、むずがゆい気分で眺めていた。

男は切り取った鰯の身を薬味と一緒に包丁で細かく叩いた。最後に醤油《しょうゆ》と味噌を混ぜ込んで、ねっちりと光るかたまりのひとつまみを、味見と称して私の口へ運ぶ。上下の歯でそっと男の指を挟み、柔らかいなめろうをこそげとった。魚の脂に濡れた指が遠ざかる。

あの男は恋人だったのか、父親だったのか、それとも息子だったのか。よく思い出せない。ただ、舌を濡らした強烈なうまみと、それを贈られた喜びばかりが鮮明だ。ならば私に魚のさばき方を教えた他人の妻も、本当は私の母親や、姉や、叔母や、娘だったのかもしれない。

覚えているのはその人といるときに体の内側で起きた、花がふくらみ、竜巻が猛《たけ》り、日が温めて雨が洗うような、目まぐるしい心象の変化ばかりだ。嬉しかったか、痛んだか。腹の内側をまさぐる指がやさしかったか、そうでなかったか。その指の持ち主のことを忘れても、それぞれから与えられたオリジナルで生々しい感覚は消えない。

気がつけば、また草の生い茂った川べりの道を歩いていた。

川は膝ぐらいの深さで、川底が見えるほど澄んでいるものの、生き物の姿は一つもない。前方に、瓦屋根の古い建物が見えた。近づいてみると窓は破れ、壁や柱に植物が食い込み、屋根瓦の一部は崩れ落ちている。それは、遠い昔に遺棄され、風雨にさらされ続けた廃屋だった。料理屋の看板も出ていない。

半開きになっていた引き戸から家屋の内部へ入ると、そこには誰もいなかった。床に散らばる木片やガラスを避けて厨房を覗く。まるで私を誘うように、青々と冴えた包丁が二本、濡れたまな板の上で光っていた。

荷物を置いて、しんと輝く刃物を手に取る。生き物をさばくために作られた、人間の道具だ。使い方もちゃんと覚えている。けれどもう川に魚はいないし、私もなにも食べたくない。食べたり、食べられたり、食べさせたり、食べさせられたり。そんな苦しく甘い営みを、ずいぶんと遠く感じる。

ただ、愛することはいつだって楽しかった。そう、切り開かれ、指でまさぐられた腹の内側が覚えている。帰りたい、と続けて思う。帰りたい。ぴち、とトートバッグの内部で水音が跳ねる。帰ろう、とかぼそく誘う。帰ろう、帰ろう。

この小魚は一体なんなのだろう。初めに見つけたときから弱る様子もなく、袋の中でくるくると輪を描いて発光し、時々水面を乱しては「足を止めるな」と訴える。でも、ここから先はとてもこわい。真っ暗だ。わかっているはずだ、とバッグを睨む。この場所はさみしいけれども、まだ薄い明かりが残っている。

ふと、天井が崩落し、ざるや鉄鍋、琺瑯《ほうろう》のやかんといった雑多な物が土砂とごたまぜになった厨房の一角に小振りの鉈《なた》を見つけた。料理屋の夫婦が近所の山へ山菜を取りに行く際に使っていたものだ。

思案したまま鉈をつかみ、刀身を覆う厚布を剝ぎとる。研ぎの行き届いた、月のように静かな刃が現れた。研がれたばかりのような光り方だった。これなら使えそうだ。鉈をトートバッグへ差し込む。中の魚が驚いたようにぴちぴちと跳ねた。足もとに注意して、廃屋を出る。

空はますます日暮れの色が濃くなっていた。一本道の真ん中へ立つと風が吹き抜けて、とても涼しい。道の片側は闇を増していく川。もう一方は、山へと続くなだらかな斜面になっている。私はトートバッグの持ち手を握りしめ、灌木《かんぼく》の生い茂る斜面へ分け入った。私は歩くことが得意だ。なら、道を作ることだって、人よりもずっと上手にできるはずだ。

爪先に力を入れて、枯れ草や小枝が降りつもった柔らかい地面を踏みしめる。進むにつれて、まだ辛うじて日の残る空が背の高い樹木に覆われ、どんどん視界が暗くなった。それでも見えなくて困るということはない。私はもう目を使っていないのだろう。同じく皮膚や肺も使っていないから、寒くもないし、息切れもしない。

行く手を阻《はば》む枝や藪を慎重に鉈で切り払い、人一人分の隙間を空けてもぐり込む。奥へ奥へと沈んでいく。山頂を越えれば別の道へ出られるはずだ。この先に、恐ろしいことが待ち受けていない道。ぐるっと大回りをして帰ればいい。力を込めて枝を削ぎ、足に絡みつく下生《したば》えを払う。濃くむせ返る山の香りと、植物の繊維を引きちぎる手触りに溺《おぼ》れた。

闇がどんどん深くなる。次第に自分が鉈を持って藪こぎをしている人間なのか、それとも鋭い爪と強靱《きょうじん》な腕をふるって進む大きな熊なのか、わからなくなった。履き心地のいい丈夫な靴は、ほどよい弾性を持つ肉球に変わった。全身が針のような毛に覆われ、枝に掻かれても草に切られてもまるで痛みを感じない。自分がなにをこわがっていたのかも忘れた。

草木を踏みしだく重い足音に合わせて、下腹で火を焚《た》かれたような昂揚《こうよう》が湧き上がった。なんて気持ちがいいのだろう。私は強く、完成していて、この広い場所で存分に四肢を振るい、いつまでだって遊んでいられる。なにも欲しがらなくていいとは、なんて幸せなんだろう。あんな窮屈な一本道にしがみついていた、かつての自分が馬鹿みたいだ。びりびりと夜空を震わせて大きく吼《ほ》える。

手を伸ばせば届きそうな間近い草むらで、かすかな悲鳴が上がった。

「かみなり？」

すぐにそれに応じる声が響く。

「早く帰ろう。雨が来るよ」

男女の声のようにも、親子の声のようにも聞こえた。ふいに湿り気のあるとがった鼻先で首筋のあたりをやさしく押され、胸の内側が喜びで染まった。そうだ、とても嬉しかったから、この瞬間を忘れないようにしようと思ったのだ。小さな足音が遠ざかる。

次の瞬間、私は数え切れないほどたくさんの気配に取り巻かれていた。気配の一つ一つが囁き、触れ、うごめきながらかすかな光を放っている。ぜんぶ食べていいよ。歩くの、好きでしょう？　音が、匂いが、それらに触れた瞬間の突風のような喜びとおかしみが、ぽつぽつと暗がりに浮かんで小さな銀河を作っていた。私の魂を成形したものたち。これが私だ。

山を越えたら、失ってしまう。

気がつくと、頭上には白い月がかかっていた。周囲の闇は薄く、青い。明るいな、と思った途端に、熊にもなれる暗闇でつかんだことが煙のように頭から抜けた。毛皮や爪が月明かりに霧散し、体温の染みた鉈の硬さがてのひらに蘇《よみがえ》る。足もとには切ったばかりの枝が転がっている。ふいに忘れることのさみしさが水のように胸へ流れ込んだ。誰かの名前を呼びたい。帰りたい。どれだけこわくても、痛くても、私のままで帰りたい。

「フカク、フカク」

唇から、奇妙な言葉が零《こぼ》れ落ちた。

これはなんだっただろう。思い出せない。けれど下腹から鮮やかな紅色が湧き上がり、頭のてっぺんから指の先まで、体のすみずみに行き渡っていく。望むことをこわがらなくてもいいんだと、心から感じたことがある。そして、そう思う限り私は一人ではないのだ。

ぴち、とトートバッグで水音が跳ねた。藪を切り払った細道を歩いてもとの一本道へと戻った。月明かりに浮かび上がった道の先を見つめ、手にした鉈を地面に落とす。海が近いのか、夜の空気はほんのりと潮の匂いがした。

7

従業員用のエレベーターを降りた瞬間から、どことない違和感があった。薄暗いフロアを見回す。片付けられたスツールも、カーテンの引かれた窓も、水滴のしみ一つなく磨《みが》き込まれたカウンターも、いつもとなんら変わりない。けれど、なにかが違う。

事務所の照明が点《つ》いていないのだ、と遅れて気づいた。フロアの奥まった位置にある、観葉植物でさりげなくお客の目から遮《さえぎ》られた扉。普段はこの扉と床の隙間から、薄い光が漏れている。大抵は私の出勤よりも一足先に、楢原店長か国木田さんが来て開店前の事務作業を行っているからだ。

拍子を外された気分で預かっている鍵を取りだし、事務所の扉を開けた。勤務管理に使っているパソコンと机、ファイルを差し込んだ棚が並ぶ四畳ほどの小さな部屋に人影はない。照明を点け、パソコンを起動させ、壁に貼り付けた勤務表の社員の欄を確認した。今日は私の他に、楢原店長が出勤することになっている。

まず、昨日の引き継ぎが書き込まれたノートに目を走らせた。トラブルが二件。お客様がフロアで転倒したこと（床が濡れていたとのこと。こまめにチェック）、オーダー漏れでお申し出（担当は堀田《ほった》さん。声かけ済み）。西日本の大雨で予定していた野菜が届かず、おすすめメニューに変更があること。そういった細かな注意書きが楢原店長の几帳面《きちょうめん》な字で綴《つづ》られている。床濡れの件は昨日出勤していないスタッフにも伝えておいたほうがいいな、メニューの件はキッチンにはもう通っているだろうけれど念のため再確認、と思いながらノートを閉じる。

パソコンのメールボックスには本社から店長宛てのメールが数通届いていた。それを避けて、他店から回された情報や本社指示に目を通す。そうするうちに、出勤予定のスタッフが次々と顔を出した。掃除を始めてもらい、開店の準備をする。

ミーティングの十五分前に電話が鳴った。楢原店長だと直感して受話器を取る。作法通りに店名と名前を告げると、湖谷さん、と耳になじんだ温かな声で名を呼ばれた。

「ごめんね、少し遅れそうなんだ」

「わかりました。お店開けちゃいますね」

「引き継ぎノートは確認した？　なにか困ったことはある？」

「ないです、大丈夫です」

「じゃあ頼んだよ」

寝坊でもしたのだろうか、と思いながら電話を切る。場を任されたのが少し嬉しい。あの温厚で、余裕たっぷりの大人の男という感じの楢原さんでもこんな失敗をするのだなと親しみを感じる。

ミーティングを行い、連絡事項をスタッフに伝えて解散した。店内のBGMを選ぶ段になって、少し迷う。とりあえずCDプレーヤーの上に置かれていた、それらしいジャズのアルバムを一枚選んでかけてみる。よく店でかけられている曲がスピーカーから流れ出し、ほっと胸を撫で下ろした。フロアスタッフと一緒に入り口に並んでお客を迎え、店を開いた。

またたく間に一時間が過ぎた。少し、と言っていた割には遅すぎる。仕事の合間を縫って事務所へ向かった。欠勤したスタッフへの連絡は基本的に楢原店長か国木田さんが担当し、あまり私はやってこなかったため、住所録がどこにしまわれているのかわからない。十分ほどファイルが詰まった棚を探し、ふと、個人情報なんだからもっと管理は厳重なんじゃないかと思い当たった。

鍵のかかったキャビネットを開ける。予想通り、スタッフの履歴書が綴《と》じられた見覚えのある緑色のファイルが差し込まれていた。ぱらぱらとめくって、氏名の欄に楢《なら》原文徳《はらふみのり》と書かれた一枚を探し出す。あまり見てはいけないと思いつつも経歴に目が行く。石川県出身だとは知らなかった。

書き込まれた携帯番号にまず電話をかけた。暗闇に呼び出し音が鳴るばかりで、いくら待っても回線のつながる気配はない。続いて、自宅の固定電話へ。こちらもだめだ。

携帯を持たずに家を出て、出勤の途中で事故にでも遭っていたらどうしよう。脳裏をよぎった空想にぞくりと震えた。だって、まじめな人だ。あの人がサボるなんてことはありえない。お店で一番ありえない。だから、約束をたがえる、ということは、それだけのなにか厄介なことが楢原店長の身に起こったのだ。急いで国木田さんの履歴書を探す。国木田聡一《くにきだそういち》。筆圧の強そうな四角い字で書かれた携帯番号を拾い、急いで電話に打ち込む。三コールですぐに「はい」と低い声が返った。

「国木田さん、お休み中にすみません。湖谷です。今、店にいるんですけど、楢原店長が来なくて。電話もつながらないし」

どうしたものでしょう、と聞くよりも先に、国木田さんは「店長の住所を教えてくれ」と言った。慌てて履歴書に書かれた住所を読み上げる。様子を見に行ってくれるらしい。店長のことは国木田さんに任せて、時間が進むにつれて忙しさが増すフロアへ戻った。いつ私では対処できない大きなトラブルが起こるかとひやひやしながら仕事を続ける。客数の少ない日曜の夜でよかった。それにしても、楢原店長は一体どうしたのだろう。

午前零時にスタッフから声をかけられた。外線で、国木田さんから湖谷さん宛てにお電話です。慌てて事務所へ向かい、受話器を耳に当てる。

「湖谷です」

回線の向こうで、小さな間があった。

あ、と思う。ぬらぬらと光る、真っ暗なものが迫《せ》り上がる。音もなく捕らえ、さらっていく。取り返しのつかない不吉の淵《ふち》が見えた。短く息を吸う音に続いて、国木田です、と砂のような声が切り出した。

「楢原さんが亡くなった」

扉一枚を挟んだフロアの賑わいが遠ざかる。

「今、病院にいるんだけど、さっきやっとご家族がこっちに着いて。部屋の外から呼んでも返事がないから大家に鍵を開けてもらったんだ。警察も来て、それで」

私は、楢原さんが最後に寄越した電話の声を思い出そうとしていた。あんなに普段通りの声でしゃべっていたのだから、そんなはずはない、と言いたい。言いたいのに、うまく思い出せない。国木田さんが発する難しくてややこしい言葉が、脳の表面をつるつるとすべっていく。

「遺書があった。ご家族宛てに。だから、たぶん間違いないって、警察も」

頭の片隅で、ブレーカーが落ちる。暗い。ファイルとか、赤ペンとか、勤務表とか、パソコンのディスプレイとか、そういうものが見えているのに、目の内側が緞帳《どんちょう》を下ろしたように真っ暗だ。うまく認識できない。

「電話で、しゃべったの」

「え？」

「ミーティングのちょっと前に。少し遅れそうだって、なにか困ったことはって。普通だったの、なんにも変わらなかった。いつも通り」

「湖谷、しっかりしろ。いいか、まだ俺は警察と話さなきゃならない。閉店前にはそっちに行く。スタッフには俺から言う。とにかくあと数時間、店を頼んだぞ」

国木田さんも私も、あと一滴でも中身を足したら破裂してしまう水風船のように張りつめていた。硬い声に頬を引っぱたかれ、我に返る。これ以上事態をややこしくするわけにはいかない。電話を切り、机の縁を握って深く息を吸い、ゆっくりと吐いた。頭を白くする。楢原店長のことを頭から追いやって、スペースを作る。薄情なようだけれども、スペースがなければ動けない。

それから閉店の時刻まで私はいつものように口角を上げ、声のトーンを調節して注文を取り、フロアを回遊して働き続けた。幸い大きなトラブルもなく、春の小川が流れるように店の時間はゆるゆると過ぎていく。いつも通りの日曜の夜だ。違うのは、自宅で楢原店長が遺書を残して死んだということだけだ。死ぬのは、痛かっただろうか。私があのとき、なにか気の利いたことを言っていたら。だめだ、今はだめだ。こちらの白ワインでしたらご一緒にイワシのフリットはいかがでしょう、とデート中の若いカップルへ話しかける。不思議だ。つい先日まで隣で働いていた人が亡くなったのに、どうして私には微塵《みじん》の痛みも伝わらないのだろう。すみれのときと同じだ。遠野くんから電話が入るまで、私にはあの子の苦痛なんてひとかけらも届かなかった。

奇妙な浮遊感が抜けないまま閉店時刻となり、最後のお客を見送った。看板を下げていると、Tシャツにジーンズ姿の国木田さんが顔を出した。疲れのせいか、表情の絶えた硬い顔をしている。いつもは制服のバンダナで掻き上げられているため、前髪を下ろしている姿が新鮮だ。

「お疲れさまです」

「ああ、そっちも。大丈夫だったか」

「あんまり長居される方もいなくて……」

「日曜だからでしょうか。あんまり長居される方もいなくて……」

そこで私はようやく失敗に気づいた。ＣＤの交換を忘れ、店のＢＧＭに一晩中同じアルバムをかけっぱなしにしてしまった。四十分足らずでリピートする音楽を、客はどんな気分で聴いていただろう。またこの曲か、と気怠く思ったのではないか。湖谷さん、忙しくても時計を見る習慣をつけようね。耳に蘇る静かな声につられて腕時計に目を落とす。細い秒針は震えながら、ただ一つの方向へ進んでいく。

あらかたの片づけが終わり、終業のミーティングを待つスタッフがカウンターの周りに集まった。休みのはずの国木田さんが現れたことに軽いざわめきが起こったものの、何人かのスタッフは異変に気づいているようだった。まず私から一日の売り上げや連絡事項を伝え、その後に国木田さんと交代する。

楢原店長が亡くなった、と全員の前に立った国木田さんは簡潔に切り出した。まるで突風にあおられたみたいに場の空気がたわんで波立つ。表情を歪める人、目を丸くする人、石のように無表情を崩さない人。様々な反応を前に、国木田さんは高くも低くもない、まるで入念に調律された楽器のようなバランスを取った声で続けた。自宅で、家族宛ての遺書を用意して亡くなっていた。自殺ではないかと考えられている。葬儀については情報が入り次第、追って連絡します。竜巻で根こそぎ掘り返された跡地のように、誰も彼もがぼう然として、一言もしゃべらなかった。

一呼吸おいて全員の顔を見回し、国木田さんはまたゆっくりと口を開いた。突然のことで、みんなショックだろう。正直なところ、よくわからないことばかりだ。ただここにいる全員が、楢原店長にとてもお世話になったことは間違いない。一分間の黙《もく》禱《とう》をしよう。そう言って、左腕に巻いた時計を覗く。何人かのスタッフが両手を合わせた。

黙禱、と静かな声に合わせて私も目をつむった。薄い暗闇が降ってくる。

「あれでよかったと思うか」

スタッフを帰したあと、国木田さんはパソコンのキーボードを叩きながらうめくように言った。念のため楢原店長の勤務記録を本社へ提出するよう、地区のマネージャーから指示を受けたらしい。楢原店長の先月の残業時間は六十時間ほどだった。ただ、閉店後に事務所に一人残ってサービス残業をしている背中を何度か見たことがある。正直なところあの人がどのくらい働いていたのか、彼よりも遅く来て早く帰るのが当たり前だった私にはよくわからない。

「少なくとも、私が説明するよりずっとよかったと思います」

「わざわざ自殺だって言わない方がよかったか」

「でも、そういうのって噂《うわさ》になりやすいから。どっちにしても広まりますよ」

ぱたぱたとキーを叩く音が狭い部屋へと響く。本社にメールを送信し、パソコンの電源を落とした国木田さんはふう、と大きく息を吐いた。

「お疲れさまです」

「お互い、長い一日だったな」

「なにか食べて帰りませんか」

このまま家に帰っても眠れる気がしない。もう少し人としゃべっていたい気分だった。そうしよう、と国木田さんは首を回しながらうなずく。戸締まりをして、近所のファミレスへ向かった。ともかく、最も不安定な一日を乗り切った。

「寝室に、睡眠薬だの精神安定剤だのがあった」

クラブハウスサンドをつまみながら、国木田さんは淡々と言った。

「楢原店長、うつ病だったってことですか」

「わからん」

「でも、お店で問題があるようには見えなかったし、他に思い当たることなんて」

「地区のマネージャーに聞いたんだけど、楢原さん、前は仕入れ事業部のエースだったらしい。それが、上司と対立してこっちのレストラン事業部に回されたんだってよ。まあ、普通に考えて左遷だよな。しかも、次の異動でも本社には戻れないことがわかっちまった」

「じゃあ、仕事上のトラブルが原因だったんですかね」

相づちを打ちながら、なんとなく拍子抜けした気分になる。大人なのだから、死なずとも転職するなり休職するなりすればよかったのに。自然と、新卒で入社した悪徳会社の苦い記憶が浮かび上がる。正社員職を手放すのは恐ろしかったけれど、あのまま精神を病んで死んでしまうよりも、辞めてよかったと思っている。

自分がかつて無事にくぐり抜けたものと近い事柄で苦しむ人を見ると、ついなにか言いたくなる。評価したい、と唇がむずつく。けれど私が言葉を発するよりも先に、国木田さんはゆっくりと首を左右に振った。

「わからん。病院で、楢原さんの奥さんと子どもにも会った。石川県から駆けつけたって。別居状態だったんだな。だからあの人、指輪をつけてる割に所帯をもってる風に見えなかったんだ」

「え、知らなかった。なんでだろう」

「わからん。ただ、奥さんがすごく冷静だったっつーか、悲しんでるように見えなくて……なんだかな、あんまり仲良くなかったんだろうな。ようするに、俺たちは楢原さんのことを全然知らないんだ。そもそも、あまり自分のことをしゃべりたがらない人だった。だから、今俺が言ったこととはまったく関係のない理由があったのかもしれない。そもそも、あの人が死んだ理由が、俺たちを納得させるものである必要もないだろ。とにかく俺は、今日、本当に疲れた」

「お疲れさまです」

「しっかし、大家のおっちゃんはずいぶん慣れてる感じだったよ。物件が汚れたっていやがってた。あれもしんどい商売だな」

国木田さんは顔をしかめてビールをあおる。私はトマトクリームソースのパスタをくるくると巻き取りながら、業務中は頭のすみへ追いやっていた、楢原店長の電話を思い出していた。

なにが、なにか困ったことはある？　だ。あんな電話、しなくてよかったのに。職場のことなど考えず、迷惑をまき散らしながら逃げて逃げて、どこかの温泉にでも浸《つ》かってくれていた方がよかったのに。そうしたら、きっと探しに行ったのに。

本当だろうか、と熱いコーヒーを口に含んで自問する。死んだ人間相手だからと、非現実的な絵空事のやさしさを掻き集めていないか。実際にそれをやられたら、私はそれまで尊敬していた楢原店長をすぐさま見下すようになったはずだ。私も同じような目に遭ったことがあるけれどどこんな風にはならなかった、なんて弱い人だろうと、さっきのように自分のたった一度の体験を引き合いに出して、わかる部分だけ切り刻み、乱暴に評価しようとしたはずだ。

黒いコーヒーの水面を眺めるうちに自分の思考の脆さのようなものを感じて、眉間にぎゅっと力が入った。なんだか気味が悪い。すみれのお母さんや遠野くんを見下したときにも、似たような浮遊感を味わった覚えがある。どうして死んだ人間には反射的にやさしいふりをしたくなり、生きている人間のことは苛烈《かれつ》に糾弾したくなるのだろう。

「楢原店長は、どんな風に亡くなっていたんですか」

聞くと、国木田さんは眉間に深くしわを寄せた。

「気になるか」

「はい」

「風呂場で首をつっていた」

赤い稲妻のイメージが体の芯を通り抜ける。痛い、と思う。辛い、とも思う。けれどそれは私の痛みや辛さではない。間違えるな、と下腹に力を込める。ふと、水底から泡が湧くように、すべすべしたすみれの手の感触を思い出した。

「震災で友人を亡くしたんです」

国木田さんは言葉を挟まず、目線で先をうながす。

「亡くしたっていうか、行方不明なんですけど。帰って来なくて、それで」

受話器を置かないでください、と回線の向こうの暗闇へ思う。お風呂場に行かないでください。

「その子がいなくなったときも、店長の電話を切ったときも、虫の知らせなんかこれっぽっちもなかった。周りの人たちの命と私の命は、全然つながっていないいんだなって、改めて思うとびっくりします」

「まあ、それはなあ」

鈍い相づちを打ち、国木田さんは食後の煙草を取り出した。それ以上なにかを言うわけでもなく、半分ほど吸ってから火のついた先端を丁寧な手つきで灰皿に押し潰す。

「来週には予定通り新しい店長が着任するから、それまでは安達さんにも少し多めに出てもらって、三人でなんとかしよう。あと、表に出さなくても、ショックを受けたスタッフは多いと思う。抱え込んでいる人がいないか、よく見ておいて」

「はい」

ふと見上げた先で、ガラス越しの空が白んでいく。夏が近づき、どんどん夜明けが早くなる。目に映る人が死んでも死んでも朝は来る。いつか必ず来る当たり前のことなのに、自分が死んだ次の日の朝はうまく想像できないな、と夢を見ている気分で残っていたコーヒーを飲み干した。

8

電車は来ない、というくぐもったアナウンスが流れた。

点検作業のため復旧は未定です、と低い男性の声が告げる。それはそうだろうと窓ガラスの割れた駅舎を見てぼう然とする。大きな大きな、地面が割れるかと思うような揺れだった。

駅前は閑散としていて、商店も宿も見当たらない。この辺りで泊まれる場所はないかと、居合わせた女に聞いてみる。振り返った女の顔があるべき位置には、白く艶《なま》めかしい菊の花がびっしりと並んでいた。白菊の女は親切な声で答えてくれる。三十分ほど歩けば、ここよりも栄えた隣駅へ着くらしい。そこなら宿もあると思います、とのことだった。

駅前のベンチでは、顔が金盞花《きんせんか》で埋められた男がイヤホン付きのラジオを聴いていた。時々そばに立つ菊の女へ、放送の内容を伝えている。震度六強だって、まいったな。

柱の根元が潰れた駅舎を離れ、ロータリーを見回して隣駅の方向へ伸びる道を探す。林と畑に挟まれた、線路沿いの一本道を見つけた。明るくて見通しがよくて、いかにも歩きやすそうだった。女に礼を言い、うっすらと光る午後の道へ足を踏み出す。

大きな揺れには驚いたけど、特に怪我《けが》もなく無事だったので、気分は悪くなかった。むしろ、衝撃のなごりで昂揚しているくらいだ。帰ったら、こんな大変な目に遭ったと周りに言いふらそう。回線が混み合っているらしく、何度かけても電話はつながらない。あとで無事だと連絡を入れなければ。つらつらと考えつつ、舗装がひび割れた道を進んでいく。

周囲の電柱は傾き、民家の屋根からは瓦が流れ落ちていた。破損した建物が並ぶ景色はなんだか現実感がない。奇妙な夢のなかにいるみたいで、痛ましさや恐怖を感じる心が鈍っている。それよりも気になるのは自分のことだ。宿はちゃんととれるだろうか。今ごろ自分のような、足止めを食らった人間が大勢押し寄せているのではないか。いざとなったら、どこかの店で夜明かしするしかないだろう。とにかく早く辿りついて、今晩の寝床と帰る道筋を確保したい。トートバッグの持ち手を握りしめ、早足で先を急いだ。

分かれ道が目に入った。それまでの道からまっすぐ右手の方向へ伸びる、畑と畑の間を抜けて住宅街へ向かう道だ。町に入ると道が複雑になって、迷子になるかもしれない。できるだけ線路沿いを歩き続けた方がわかりやすくていいだろう。そう足を止めるまでもなく判断して、分かれ道を素通りする。そうしない理由がなかった。

ぴち、とトートバッグの中の小魚が跳ねた。ぴち、ぴち、ぴち。水音は今までに聞いたどんな瞬間よりも切実で、悲鳴のように澄んでいた。ぴち、ぴち、ぴち、ぴち、と長く続く。けれど私にはその意味がわからない。

線路と畑が続くのどかな景色を眺めるうちに、だんだんまるで大切な約束を忘れてしまったときのような落ち着かない心地になった。なにかがおかしい。おかしいのだけど、なにがおかしいのかよくわからない。違和感のある方へ目を向ける。左手の線路を越えた先には、なんの変哲もない松林が連なっている。

樹影に紛れてよく見えない。けれど、林の奥で、なにか大きなものが動いている。

十メートルほど先の林の下生えから、黒い水が地面を舐めるようにあふれ出していた。

なんだろうあれは。油？　そんな馬鹿な。そういえば駅舎にいた金盞花の男が津波警報について口にしていた。でもここは、海岸からそれなりに離れているのではなかったか。数秒も経たないうちに、すぐそばの林からもまっ黒い泥水があふれ出した。びくんと心臓が跳ね上がる。

逃げる、逃げなければ、でも道がない。先ほどの分かれ道に戻るよりも先に、黒い水に追いつかれるだろう。とっさにそばの畑へ踏み入り、盛り上がった土を崩して一目散に町を目指した。走る。足もとが柔らかくて、うまく走れない。全身が恐怖でびりびりと痛んだ。あまりに強く心臓が拍を打つので、外の音がうまく聞こえない。

曇り空を切り裂いて、甲高いサイレンが響き渡った。はつれいされました、ひなん、して、ください、すみやかに。スピーカーで拡大された女性の声が独特の間隔をもって訴える。沿岸部って砂浜とか、そういう本当に海に間近い場所のことじゃないのか。波が来る。視界の端を、黒い水が先行する。

だめだ、死ねない。離れたくない。守られていた、すべてのものから引き剝がされる。やっと少しずつ幸せになれたんだ。ここまで来るのにとても長い時間がかかった。死ねない。死ねない。だって、だって――。

だって今、私の心のなかに、私を救ってくれるものがなにもない。神様がいない。納得がない。唐突な死を飲み込むだけの、心の砦《とりで》がどこにもない。ここで死んだら、まっ黒な恨みに取り残される。どうして誰も教えてくれなかったのだろう。生きることはこんなに脆いことだと、どうして誰も教えてくれなかったのだろう。

帰りたい。いやだ、こわい。足が冷たい水にからめとられる。上体がぐらつき、いつのまにか膝まで水位を上げた波へ前のめりに倒れ込んだ。全身を水の牙《きば》で嚙みちぎられているような痛みが走る。次の瞬間、意識を粉々に吹き飛ばす途方もない圧力が背中を襲った。

体の中で硬いものが砕ける音がした。意識が途切れる間際にやっとわかった。

私は、帰れない。あの人たちには二度と、二度と、会えない。

うそだ、と強く拒んで目をつむった。突き飛ばし、跳ねのけ、扉を閉める。水が広がるなめらかさで、鮮やかな葡萄色の空がまぶたの闇をいっぱいに満たした。

「バスは来ないよ」

低い女の声に揺さぶられて、ひどい夢から浮き上がる。私はヒグラシの声に包まれた古いバス停のベンチに座っていた。傍らには顔のあるべき位置に地味な草花を密生させた、奇妙な老婆が立っている。

まばたきをして、どこか見覚えのある老婆を見つめた。誰だっただろう。老婆は同じ姿勢のまま微動だにせず、じっとこちらへ顔を向けている。

「知っています」

両手で自分の顔を押さえた。こわい。逃げたい。このまま消えてしまいたい。帰れない。帰れないんだ。望みなんか、抱えているだけ苦しいじゃないか。熱い液体が端々《はしばし》から漏れ出し、体が小さく萎《しぼ》んでいく。

目の前が黒く濁《にご》った次の瞬間、私はひとかたまりの泥となってその場に崩れ落ちた。破れた腹から赤い花がぼろぼろと零れ、鞠《まり》のように地面を転がる。汚れた靴の傍らで、ビニール袋に入った小魚が苦しげに跳ねた。

泥溜まりとなった私を見下ろし、老婆が口を開いた。

「遠くへ延びる、お前の足跡を見ていたよ」

私は地面へ伸び広がったまま、口を失って返事が出来ない。

「お前は本当に、立派になった。きれいになった。ばあちゃんの誇りだ。何回だってここで受け止めてやる。だから、一歩ずつでいい。前に進むんだ」

老婆はこんな土くれに向かって、一体なにを言っているのだろう。憐《あわ》れみか、馬鹿にしてるのか、どんなつもりで言っているのか知りたい。そんな望みが頭蓋を作り、目玉を練って、泥から顔を上げさせる。雑草の茂みをくり抜いたような老婆の顔からは、なんの表情もうかがえない。いくら見つめても、記憶はかけらも蘇らなかった。

「あなたは誰？」

「わからなくていい。そういうものだ」

「どうしても行かなくちゃだめなの？」

「お前が願ったんだろう？」

そうだ、私は長い距離を歩いてきた。どうしても納得が出来なくて。どうしても受け入れられなくて。どこにも行けないまま、恨み続けることは苦しかった。形を失い、冷たい泥となって路肩に崩れ、それでも恨むことと呪《のろ》うこと、ちぎれそうなくらいにさみしいことは終わらなかった。誰も助けてはくれないのだから、私を助けるのは私しかなかった。

ここから逃げて、帰りたい。帰りたい、とそれだけを願って泥から重い体を作り、這《は》いずり、立って、歩き始めた。そしてその道のりは終わっていない。私はまだ、帰っていない。

背骨を組んで這い進み、すすり泣きながら地面に転がる花を口で拾って飲み下した。赤い色を飲み込んだ腹がわずかに温かくなる。願ったっていいはずだ。大きくて欲深い望みを抱く愚か者は、私一人ではなかったはずだ。散らばったすべての花を食べ終わる頃には、なんとか手足まで再生することができた。

骨が曲がり、指の本数もあやふやだけど、バッグを持って歩くことはできる。私は黒い朽ち木のような姿で立ち上がった。靴にかかった泥を払い、歪んだ足を慎重に差し入れる。

バスも電車も来ないのだから、歩くしかない。

「歩きます」

老婆は顎を引いて静かにうなずいた。袋の中でゆるやかな回転を繰り返す小魚を拾い、一歩踏み出して足もとを見る。

どこで買ったのかも思い出せない美しい靴が、私の足を守っている。

9

檜原さんの葬儀は親族だけの小さな式が故郷の石川県で行われ、私たちスタッフはお金を出し合って花を贈った。日、月、火、水、と立て続けに出勤を続け、木曜日にやっと休みが取れた。溜まっていた汚れ物を洗濯機に入れ、食器を洗い、埃で白くなった床に掃除機をかけて荒れ放題のワンルームを片付ける。

昼すぎにはすべての家事を終えた。最後に玄関の横に置いてあった段ボール箱に手をかける。遠野くんの部屋から持ち帰った、すみれの形見の品だ。麦わら帽子とペンダントとスニーカーを取りだし、カーペットに並べる。スニーカーの下には四つ折りの新聞を敷いた。

しばらくその三つの品を眺め、立ち上がる。洗面台の下の収納扉を開けて、花模様のシュシュ、ストロベリーピンクのマニキュアと除光液、缶入りのハンドクリーム、メガネケースと化粧下地のボトルを取りだした。先の三つの隣に並べる。続いて、クローゼットからクリーム色のストールと、毛糸の靴下、黒のレギンスを引っ張り出す。水玉模様の折りたたみ傘。Do As Infinity のCDと、江國香織《えくにかおり》の文庫本。

すみれの気配を強く感じるものは、そのくらいだった。他にも同居していた頃に一緒に選んだバスタオルなんかもあるのだけど、他のものは日頃からよく使っているため、どちらかといえば私の気配の方が濃く染みている。

もっとたくさんあった気がするのに、いざ探してみるとあんまりないな、とつまらなく思う。ぜんぶ並べても、畳一畳分に満たない。

すみれ、と呼んでみる。忘れてもいいことにする、と遠野くんは言った。すみれは、もしくはすみれだった魂は、今、楽だろうか。きれいさっぱりなんにもなくなって、苦しいも苦しくないもない次元に達したのだろうか。花が咲いて乳の川が流れる天国みたいな場所にいるのだろうか。それとも、やっぱり苦しいだろうか。無念とか、辛いとか、帰りたいとか、そういうものが死んだあとにもあるのだろうか。

苦しくたって、仕方がないのかもしれない。楢原店長の最後の電話を思い出す。生きているときだってあんなに苦しいのだから、もし死んだあとに苦しみが続いたって、それほど驚くようなことではないのかもしれない。形見のそばに寝転がる。新聞の上にのせた、ミントグリーンの美しいスニーカーを撫でる。食器を洗う際に腕まくりをしたままになっていたシャツの袖から、薄れつつある葡萄色のあざが覗いている。

ベランダで、干したばかりの洗濯物が風に揺れていた。とても静かだ。隣のアパートに住む子どもの声が聞こえる。小さな男の子が楽しそうに言い合いをしている。風の音がする。雲が流れ、部屋へ差し込む日の光がゆっくりと濃淡を変える。

冷凍のうどんを温めて卵と葱《ねぎ》を入れ、昼ごはんにした。食後に一時間ほどうたた寝し、午後からすみれのスニーカーを履いて散歩に出た。スニーカーは普段私が履いているものよりもワンサイズ大きかったけれど、紐をしっかりと締めればそれほど違和感なく足へなじんだ。外は日に日に夏の気配が強くなる。空気に塩素の香りが混ざり、木々の緑が獰猛《どうもう》さを感じるほど鮮やかに、深くなっていく。

よく通っている本屋を二軒巡り、自宅でできる効果的な筋肉トレーニング、と大きな字で書かれた特集が気になって女性誌を一冊買った。普段ならもうこれでだいたい満足してスーパーの惣菜《そうざい》コーナーで夕飯を買って帰るのだけど、まだなんとなく歩き足りない気がした。履き心地のいいミントグリーンのスニーカーを見下ろし、足踏みを二回。デパート一階の化粧品コーナーを冷やかし、続いてレディスファッションの階へ向かう。アパレルショップはどこも夏物の服を売り出していた。サーモンピンクの感じのいいブラウスを見つけて値札を覗き、次の給料日までの日数を数える。今度来たときにまだあったら考えよう、と手を離す。

最後に駅前のカフェに入ってコーヒーを買った。窓辺の席に座ってガラス越しの景色を眺める。ちょうど学校が終わる時間帯なので、通りには制服姿の学生が多い。スーパーの袋を提げている人もいる。駅の出口からあふれてきた人たちが複雑な線を描いてすれ違い、それぞれの場所へと帰っていく。誰も彼も、すぐに木製の窓枠を越えていなくなってしまう。

砂糖を混ぜたコーヒーを飲みながら、誰かを好きになりたいな、と思った。恋人でも友人でもいい。大切にして、その人の肌が日射しで明るくなったり、雨に潤んだりするのを静かな気持ちで眺めていたい。執着や、憐れみや、死後の恐怖から逃れるためでなく、その人と自分を深く信頼し、この不確かなうす明るい場所で指を絡ませて遊びたい。

私は、すみれを手放す支度《したく》をしている。

そう自覚した途端、息が止まるほどの衝撃が体を通り抜けた。本当か、本当にいいのか。夏の森で触れた冷たい手が、目の潰れそうな暗闇に消えていく。そこには計り知れない苦痛があったはずだ。それを忘れる。共有しない。それは、今度こそ本当にすみれを見捨てることにならないか。

駅前の景色が歪み、まるで川の堰《せき》が切れたように次々と涙があふれた。声を漏らさないよう深く息を吸い、コーヒーを飲む。のどの痙攣《けいれん》に呼吸が刻まれ、嗚咽《おえつ》が迫り上がる。ジーンズのポケットに入れていたタオルハンカチを取りだして口を塞ぎ、こぼれる涙を生地へ吸わせた。どのくらいそうしていただろう。

「だいじょうぶですか？」

耳の後ろから小さな声がかかった。振り返ると、背後の席に座っていた二人連れの女子高生が心配そうにこちらを見ていた。二人とも、外見はよく似ている。黒髪を鎖骨の位置まで伸ばし、毛先をまとめてねじっている。眉を細く整え、化粧をし、耳に銀色のピアスを光らせている。襟元のリボンをだらしなく緩めてシャツの衿《えり》を大きく開けた、いわゆる今どきのお洒落が好きな女子高生だ。違いは、片方はすらりと背が高く、もう片方は小柄で甘い雰囲気を漂わせていることぐらいか。

「もし具合が悪かったら、救急車とか呼びますけど」

背の高い方がきびきびと言う。彼女はシャツの胸ポケットにコミカルなカエルのピンバッジをつけている。

だいじょうぶです、と言いかけて、言葉が出ずに咳き込む。救急車はいらない、と示すつもりで首を振った。小さい方に背中をさすられる。この子は前髪を、毒々しく赤い水玉のキノコがついたピンで留めていた。

「お腹が痛いとか、息ができないとか、そういうのじゃなくて？」

小さい方がおっとりと間延びした声で聞く。私は何度かうなずいた。ハンカチを離して深く息を吸い、やっと呼吸が落ちつく。

「どこも……痛くない……から」

「ならよかった。お姉さん、すごい泣き方だったから。大人があんな風に泣いてるの初めて見ちゃった」

「ね、ちょっとどきどきした」

ふふ、と二人は顔を見合わせて笑い合う。息がぴったりと合った彼女たちの体からは、単純でとても美しい和音が聞こえてくるようだった。心配してくれたお礼を言って、私は彼女たちにおかわりのコーヒーをおごることにした。

カエルちゃんとキノコちゃんは、駅前からバスで十五分ほど揺られた先の高校に通っているらしい。高校二年生。一年の頃はクラスが同じだったけれど、二年になって分かれてしまった。二人とも部活動には入っていない。スタイルがよくてきびきびしたカエルちゃんは小学生の頃から駅ビルの五階にあるダンススクールに通っているが、最近になって新しく入ってきた講師があからさまに他の生徒にえこひいきをするので辞めてしまおうかと思っている。かわいくおっとりしたキノコちゃんにはもともと家庭教師と生徒という関係で知り合った大学生の彼氏がいる。だけどだんだん連絡が途絶えてきた、彼の心がわからない。毎週木曜日はドリンクが五十円引きになるので、学校帰りにここのカフェに立ち寄って、こうした不満をぶちまけ合うのが習慣になっているらしい。

「学校とか家とかの、一週間分の愚痴をばーっと」

「そう、言わないと破裂しちゃうから」

仲がいいね、と相づちを打つ。二人は、えーいいかなあ、そこまででもないでしょう、とじゃれ合い、さざ波のような笑いを振りまいた。きっと友人関係も、成績も、恋人とのあれこれも、なにもかもを分け合っている二人なのだろう。私とすみれもそうだった。

「もしもの話として聞いてくれる？」

彼女たちなら、私が探している答えをまだ持っているのかもしれない。呼びかけに、カエルちゃんとキノコちゃんはおしゃべりを止めて私を見た。

「もしも、もしもだよ。あなたたちのうちの一人が、なんらかの事故や災害で亡くなってしまったら、残る一人にどんなことをして欲しい？　ずっと覚えていて欲しいとか、変わらないでいて欲しいとか……どんなことを望むんだろう」

二人は目を丸くして、黙って顔を合わせた。少し間を置いて、キノコちゃんがゆっくりと口を開いた。

「それは、さっきお姉さんが泣いていたことと関係がある質問？」

「うん、そう」

「そっかあ」

キノコちゃんはゆるり、ゆるり、と首を左右に揺らした。カエルちゃんは黙ってキノコちゃんを見ている。口調がしっかりしているのでカエルちゃんかと思いきや、実は二人でいるときのリードは大人しそうなキノコちゃんが行っているのかもしれない。

「んー、すぐには出てこないかも」

「そうだよね、……うん、ごめんね、変なこと聞いて」

「違うの。ちゃんと考えたいから、十五分だけ二人きりにして？」

カエルちゃんもうなずいて、少し口角を持ち上げる。荷物は見ていてくれるというので私は財布とスマホだけ持って席を立った。店を出て振り返ると、道路に面した大きなガラス越しに、二人が手を振ってくれた。

十五分、と言われても都合のいい行き先は思い浮かばない。しばらく駅前の景色をぼんやりと眺め、駅ビルの一階に入ったパン屋のそばのベンチに腰を下ろした。客の出入りでガラス製の自動ドアが開閉するたび、店頭に並んだ焼きたてバゲットの豊かな匂いがこちらまで漂ってくる。

息を吐いて見上げた空は、いつのまにか日暮れの葡萄色に染まっていた。頭が軽い。ずっと考えてきて、考えすぎて、こんがらがってわからなくなったことを、あの二人に預かってもらっている気分だ。

本当だろうか、と耳の裏側でささやく声がする。わからなくなった、ふりをしているだけじゃないか。すみれの気持ちになるなんてかんたんなことだ。翼を大きく広げた鳥が、暮れていく空をゆっくりと横断する。轟音とともに建物の二階部分に位置する駅のホームへ、電車がすべり込んでくる。

ふいに、ぐらりと視界が傾いた。

とっさに爪先に力を込めて踏みとどまり、ベンチの背もたれを強くつかむ。世界の終わりみたいな地鳴りとともに、体を砕きそうな衝撃が足のうらを突き上げてくる。四方八方から悲鳴が上がり、物が割れる鋭い音が繰り返され、付近の電柱が恐ろしく深い角度で揺れた。あ、と思った一秒後、すぐそばの電柱が電線を引きちぎりながら私の方へ倒れ込んできた。揺れが激しくてベンチから立ち上がることすらできない。ゆっくりと、その景色が見える。逃げられない。ここで終わり。私はもう、どこにも行けない。

電車の発車を告げる甲高いベルが鳴り響いた。まばたきをする。電柱はもちろん傾いていないし、私の体には傷なんて一つもない。電柱に貼られた近隣の産婦人科の広告を眺めながら、「世界の終わり」なんてずいぶん安っぽいことを考えたなあといやになる。すみれが死んでも私が死んでも、世界は終わらない。仮に隕石《いんせき》だとか大規模災害だとかで本当に世界が終わる日が来たとしても、本当にこわいのは「世界の終わり」ではなく「私の世界の終わり」だ。何千人、何万人、どれだけたくさんの人と一緒に死んだって、私たちはたった一人で自分の世界の終わりに立ち会う。

悲惨な光景を想像する裏側で、これが終わったらカフェに戻ろう、バゲットいい匂いだな、明日の朝食に買おうかな、なんて思っていた私は、すみれの気持ちには絶対になれない。パン屋の看板をしばらく見つめ、私はベンチから立ち上がった。結局パンは買わなかった。

カフェの入り口から顔を出すと、私に気づいたキノコちゃんとカエルちゃんが手招きした。どうやら相談は終わったらしい。私は新しいコーヒーとレジ横で売られていたクッキーをいくつか買って、もとの席へ戻った。封を開けて、チョコレートのまぶされたクッキーを一つつまみながら、彼女たちにも勧める。

「どうかな」

「うん、まあ、そこそこ」

二人はどちらが切り出すか確認するように一瞬顔を合わせ、カエルちゃんがまずうなずいた。

「お姉さん、太平洋戦争のことって、どんな風に思います？」

「えっ。なに、いきなり」

「夏休みによくテレビでやってるじゃないですか。なんかね、お互いが死ぬとか死なないとかの話をしているうちに、それを思い出したんです。私たち、ちょうど日本史の授業が現代史のところで、学校でも修学旅行の訪問先でもしょっちゅう言われるんですよ。忘れてはいけない、忘れてはいけないって。でも、私たち戦争とか体験してないし、おじいちゃんやおばあちゃんも戦後生まれだし、はっきり言って自分の人生にかすってもいないことを『忘れるな』って言われ続けてるんです。まあ言われるのはいいんですけど、じゃあ戦争のなにを忘れちゃいけないのかっていうと、悲惨だったねってこと以外は授業でもなんでも、あんまり伝わってこなくて」

そこでカエルちゃんはすうっと息を吐き、少し照れくさそうにクッキーをつまんだ。頬杖をついて聞いていたキノコちゃんが、授業でもそんくらいはっきり言えばいいのに、先生喜ぶよ、などと笑いながら茶化《ちゃか》す。え、絶対ヤダ、と勢いよく首を振り、カエルちゃんは続けた。

「なんだっけ、そうだ。ええと……このあいだの震災も、そうじゃないですか。震災を忘れない、悲劇を忘れない、風化させない。忘れないって、なにを忘れなければいいんだろう。たくさんの人が死んだこと？　地震や津波ってこわいねってこと？　電力会社や当時の政権の対応にまずい部分があったねってこと？　いつまで忘れなければいいの？　悲惨だったたってことを忘れなければ、私や誰かにとっていいことがあるの？」

カエルちゃんが言葉を切ると、キノコちゃんが残っていたコーヒーを飲み干して、小さく咳払いをした。リップで光らせた唇を何度かすぼめて、考え考え口を開く。

「ここまで津波が来たから次の地震の時にはもっと高くまで逃げなくちゃいけないとか。有名な大きな会社でもこんな不手際があるかもしれないから、チェックする機関を作らなきゃいけないとか。そういうのは教訓だよね。教訓は少しずつ社会の仕組みに吸収して、忘れるとか忘れないとかより、当たり前のものにしていかなきゃいけない。だから、忘れない、ってわざわざ力んで言うのはもっともやーっとした……死んだ人はくやしかったよね、被災者がかわいそうだよね、私たちみんな一緒だからね、みたいな感じでしょ。でも、戦争とか体験してないし、私は身内を亡くしたわけでも家が流されたわけでもないんだから、ほんとはぜんぜん一緒じゃない。だんだん、忘れないっていう言葉が、すごくうさんくさく思えてきたの」

「なんか古いってか、ただの合言葉みたいになってるしね」

「うん。それさえ言っとけばいいだろ的な。考えるのをやめてる感じ」

そこまで言って、少女二人は顔を見合わせてけらけらと笑った。ただの合言葉。考えるのをやめてる。それまで両手で大切に抱えていた岩のような葛藤《かっとう》を笑い飛ばされ、私はぼう然と口を開いた。

「あなたたちは、忘れられることがいやじゃないの？」

「そりゃ、覚えててもらえたら嬉しいけど。でも、あんな死に方をしたかわいそうな子って意味でならいやだなあ」

「なにをとっといてもらうかです。よくある、忘れない、無念を忘れないみたいな、暗いことを拾い集めるような思われ方より、どうせなら一緒にいて楽しかったとか、そういうのがいいよね」

「あ、なんか、わかった」

キノコちゃんが、ドロップみたいな色合いのプラスチック製の指輪をいくつもつけた手をぽんと打ち鳴らす。

「すごく仲良かった子が学期の途中で、海外とか、めちゃくちゃ遠くに転校しちゃうの。別れて辛いし、さみしいし、新しい友達もできてだんだん思い出さなくなるし、でも元気でやってるといいなって時々思うの。――私が死んだら、リコにそんな風に思われたい。二度と会えなくても、遠くにいても、友達のままでいたい」

「死んだのに元気でやってるとかありなの?」

「だって、どうせわかんないじゃん、そんなの」

花のように笑う彼女たちと、私はなにが違うのだろう。この子たちは、きっと本当の絶望を知らないからこんな甘ったるいことを考えられるんだ。

ただ、私とすみれは今、友達だろうか。思い出すと真っ先に悲しみが浮かび、かわいそうで、辛くて、苦しくて、それは友達へ向ける心なんだろうか。もっと違う、はかなくて、この世で私と彼女のあいだにしか生まれなかった大切なものがあったはずだ。私が忘れたら、この世から無くなってしまうものが。

目の前にいるカエルちゃんも、キノコちゃんも、なんだか遠い。店の内外を隔《へだ》てる大きなガラスの向こう側で、たくさんの人が私の真横を通り過ぎていく。

いつのまにか、指を添えたままのコーヒーカップが冷めていた。キノコちゃんと目が合う。さっきはあれほど軽やかに私の葛藤を笑い飛ばしたのに、彼女は思いがけずまじめな、真剣な目をしていた。

「私たち、お役に、立てました？」

「うん、とっても。ありがとう」

「よかった。それなら、よかったです」

ほっとしたようにうなずき合うこの子たちは、すみれが巡り会わせてくれた天使なのだろうか。いやきっと、この子たちにはこの子たちの事情や思いがあって、私を助けてくれたのだろう。そろそろ帰らなきゃ、と言うカエルちゃんの一言で、私たちは席を立った。

「お姉さん、このカフェによく来るの？」

「あんまり来てなかったんだけど、これからは来ようかな」

「じゃあ、また会えるね」

駅前で、手を振って別れた。二人はカラフルなリュックを並べて、体をくっつけたり離したりしながらバス停の列へと歩いて行った。

地面を踏んでいる感覚がないままアパートに帰り、たたきにしゃがんでスニーカーの紐に手をかける。少し考えて、ちょうちょ結びをほどかずに足もとを見下ろした。夏が来たら着たいと思ったブラウス、カフェの四角い窓、カエルのバッジ、キノコのヘアピン。天使に出会うこと。午後のほんの数時間で、なんてたくさんの、それまでの私にはまったく関係のなかった物事が体を通り抜けたのだろう。ミントグリーンのスニーカーを見つめる。

足だけ、まるですみれになったみたいだ。


人員調整が長引き、初めに本社から伝えられた予定よりも二週間ほど遅れて着任した新しい店長は、神崎《かんざき》さんという中年の男性だった。ここに来る前は本社の広報部に所属していたらしい。小柄で体つきが引き締まっていて、顔立ちが厳しい。この人も社内の派閥争いに負けた人なのだろうかと意地の悪いことをちらりと思う。

神崎店長は事務所に入ってまず、棚を埋めている大量のファイルに眉間のしわをぎゅっと深め、さも不快げに三年より前のデータはシュレッダーにかけて捨てるよう指示を出した。さらに今後、帳簿は全てパソコン内でデータ管理されることになり、見慣れない会計ソフトが持ち込まれた。国木田さんの話では、同じような合理化がキッチンでも行われたらしい。冷凍庫を使用する際にはすべての容器にラベルを貼ることが義務づけられ、収納時のルールや点検日もより厳密なかたちで設定された。

「楢原さんって実はだらしなかったんですかね」

「まあ、神崎さんに比べればゆるかったんだろうな」

真夜中の休憩所で相変わらず国木田さんはコーヒーを、私は野菜ジュースを飲みながらぼやき合う。これぱかりはリーダーが変わっても変わらない。私はしみの浮いた天井を眺め、ここ一ヵ月で怒濤《どとう》のごとく押し寄せた店内の変化を指折り数えてみた。

掃除の点検項目が増え、「今日のおすすめ」は手書きではなくワード作成になった。店のブログが開設され、国木田さんたちキッチンスタッフは開店前に今日のメインディッシュや入荷したばかりのワインについて短くとも記事を書くよう指示された。ホテルと交渉して、一階のロビーのすみに店名と階数と、代表的なドリンクとフードの値段を書いた黒板が置かれた。

一つ新しい仕組みが取り入れられるたびに少しずつ、少しずつ、店の雰囲気が変わっていく。まるで手入れの行き届いた水槽のように心地よく停滞していた真夜中の空気が、絶え間なく水が流れる清らかな川に似てきた。どれだけ夜が深まっても澄み切っている。同じ店舗、同じスタッフ、同じ料理でもこれだけ違う。これが楢原さんと神崎さんの、それぞれが持つ魂のかたちの違いなのだろう。隠れ家的な安らぎを求めて店に通っていた常連客がだんだん顔を見せなくなり、代わりにブログや黒板を見てだとか、通りすがりに気が向いてだとか、ふらっと訪れる新規のお客が増えた。

スタッフの反応は反発と好意が半々だった。失敗やトラブルが起こった際、気づかいつつフォローに回るのが楢原店長で、原因を究明してなるべくスタッフ個人で解決させようとするのが神崎店長だった。食材の扱いについて注意を受けた男性のキッチンスタッフが一名、あの店長とはどうしても合わないと言って辞めていき、けれど私を含めた他のスタッフはだんだんこの新しい店長のやり方に慣れていった。

私が唯一慣れないのが、事務所に保管されていた大量のCDアルバムがごっそりと処分され、パソコンが店の音響設備に繋がれて、神崎店長がUSBに用意した六〇～七〇年代の洋楽がシャッフルで店内に流されるようになったことだ。とても理にかなっているし、ディスクを入れ替えるあいだのラグもないし、流しっぱなしでいいためいちいち曲を選ぶ無駄が減るし、事務所はすっきりときれいになるし、多少選曲が無機的になることに目をつむれば文句なしのパーフェクト案だ。私もビートルズやエルヴィス・プレスリーやフランク・シナトラは大好きだ。聴きやすいし、今もテレビの

ＣＭでしょっちゅう採用されているから、リアルタイム世代もそれ以降の世代も親しみやすいだろう。

ただ私は、楢原店長が忙しい合間を縫って事務所に入り、ＣＤラックの前にしゃがんで曲を選んでいる後ろ姿が好きだった。合理性にはほど遠くとも、そうしているときの楢原店長はとても楽しそうだったし、店全体に温かで弾むような喜びがにじみだしていた。

「お店の雰囲気、変わりましたね」

「そりゃ店長が交代したからだ。どこの店や会社でも変わらない。リーダーが代わったら空気も変わる。当たり前のことだ」

あっさりと言う国木田さんの頬の辺りを眺めたまま、ジュースのパックを潰して考える。このすかすかした感じはなんなのだろう。すみれの形見分けのときと同じ、その人のいなくなった空間がじわじわと埋まっていくのを目の当たりにしている気分だ。持ち物を分け、社会的な役割を分担し、その人の不在を前提としたバランスのとれた世界を再構築する。

「人が一人いなくなっても、なんとかなっちゃうものですね」

「会社員だからな。替えが利かないと困るだろ」

「楢原さんがいたことが、幻みたいに思えてきます」

テーブルセットも、事務所の棚の配置も、オードブル三点盛り合わせの価格まで、店のなにもかもが変わってしまった。もうこの店に楢原さんの痕跡はほとんど残っていない。スタッフも誰もあの人を店長とは呼ばない。

国木田さんは口をつぐんだ。考え込んでいるように見える。彼の沈黙はそう珍しいことではないので私もしゃべるのをやめて、窓からぼんやりと眼下に広がる深夜の街を眺めた。相手が早口ならこちらも少し早口に、無口なら言葉を減らして、会話のリズムを合わせてみる。すると、苦手に感じていた相手でも割と楽な心地で過ごすことができる。はじめは、この国木田さんの沈黙癖も、どうすればいいのかわからなくて居心地が悪かった。今では逆に、この静けさがやけに落ちつく。私も悩んでいい、ゆっくりと言葉を選んでいいんだと、許されているような気持ちになる。

時計の秒針がぐるりと一回りした頃、国木田さんは口を開いた。

「俺は、この世を作っているのは生きている人間より、圧倒的に死んだ人間の方だと思う。技術も、文化も、思想も、俺らが今座ってる椅子や、湖谷が飲んでるジュースだって、はじめに作り出した奴はもう死んでる。ものすごい数の死者の置き土産が積み上がって、今の世の中ができてる。だから楢原さんだって、幻にはならないだろう」

「でもそれって、なんらかの発明をしたり、偉人だったり、そういう人たちだけでしょう？」

「どうだろうな。どんな人間の生き方も、死に方も、それなりに大きな影響をこの世に残すんじゃないか。たとえば……」

言葉の途中で国木田さんは天井を見上げ、火をつけずに指に挟んでいた煙草のフィルターを親指の爪でピンと弾いた。

「そうだな、俺には兄か姉がいるはずだったんだ」

「……小さい頃に病気でなくなったとか、そんな感じですか」

「惜しいな。正しくは、母親の腹の中で死んだんだ。途中で育たなくなったとかで、生まれてこなかった」

割と重い話題を口にしているにもかかわらず、国木田さんはいつも通り淡々としていて、表情を変えない。

「そんな生まれてもいない、名前だって間に合わなかった存在でも、俺の母親をずいぶん変えたらしい。きっとそういうものなんだろう。俺にとって楢原さんは、愛想《あいそう》がよすぎてなんとなく得体が知れない感じの上司だったけど。そんなに心に残ってるなら、あの人はなんらかの置き土産を湖谷の中に残してるんじゃないか」

「そう……なのかもしれないです」

わずかに倦《う》んで、生温かい、内側にかくまってくれるようなお店を作る人だった。もしかしたら楢原さんの人当たりの良さは、なにかしらの病をはらんだいびつなものだったのかもしれない。でも特別で、奇妙な魅力に満ちていた。背筋の伸びた、細長い背中を思い出す。もしもすみれが歩いているなら、楢原さんもまた、あの人だけの道を歩くのだろうか。

会話にかまけて吸い損《そこ》ねたらしく、指先でもてあそんでいた煙草を吸わずに箱へ戻した国木田さんは、コーヒーのカップを捨てて立ち上がった。

「まあ、神崎さんが来て数も足りたし、気分転換に休みでもとってぱーっとどこかに遊びに行ってこいよ。有休溜まってるんだろ」

「うーん」

そうは言っても、行きたいところもあまり思い浮かばない。映画とか美術館とか、集中して消化しなければならない娯楽は辛い気がする。なにも考えずにゆっくりできそうな余暇。なにかないだろうか。そこまで考えて、ふと、まぶたの裏側を透明な日射しが通り過ぎた。光を溜めた麦わら帽子と、白いふくらはぎ。ミントグリーンのスニーカー。静かで、穏やかで、欠けたものがなんにもないように感じた幸福な一日。

「……山でも行こうかな」

ぽつりと呟く。山？　と傍らで意外そうな声が聞き返す。はい、山、とうなずいて、私もジュースのパックをごみ箱に入れる。連れ立って休憩所を出ながら、国木田さんがもう一度「山かあ」と呟いた。

「富士山とか、そっち系の？」

「いえ、本格的な登山っていうよりもっと低めの山で、森の中をのんびり歩ける感じの。そういうところ、好きなんです」

「ふーん」

相づちにわずかな含みを感じ、意図がわからずに首を傾げる。国木田さんは少し間を置いて、黒々とした目をこちらへ向けた。

「特に行くあてがないなら、俺んち来るか？」

「はい？」

「実家が埼玉の、山しかないところで民宿をやってるんだ。あっちは食い物もうまいし、いい気分転換になると思う」

あ、俺んちってそっちか、と強く跳ね上がった心臓を居たたまれない気分でなだめていく。けれど考えれば考えるほど、ありがたい誘いであるように感じた。どうせ行くあてもなかったのだ。

「行ってみたいです」

「じゃあ、来月の仮シフトが出てから相談しよう」

戻る前にトイレに寄るという国木田さんと別れ、弾む足取りでフロアへ向かう。先のことが楽しみになるなんて、ずいぶん久しぶりだ。

廊下の途中でふと、足を止めた。いまだネオンの消えない夜景を映した窓に、私の顔がうっすらと白く浮かんでいる。もう終電も発《た》っただろう街は車の往来も少なく、ここが都内であることを忘れてしまうくらい静かだ。

いつもはなにも考えずに通り過ぎる場所なのに、なんで足を止めたのだろう。わからない。わからないまま、夜の街へ耳を澄ませる。人の声も、なにかしらの異音も、もちろんなにも聞こえない。昨日と同じ、なんの変哲もないただの安らかな真夜中だ。

にっ、と接客用の笑顔を作って口角の高さを確認し、私は革靴のかかとを鳴らして通り過ぎた。

10

刷毛《はけ》で薄く薄く伸ばしたような、ほのかな潮の匂いがする。肌へ絡みつき、手や顔を動かすたびにふっと香る。

気がつけば、私はまた古びた駅の待合室のベンチに座っていた。白い午後の光が窓から斜めに差し込んでいる。眠たくなるほどの無音のなか、疲れの溜まったふくらはぎをゆっくりと揉む。ずいぶん歩いた、とむくんだ足が訴えている。歩くのが得意な私でも少し倦んでしまうほど、長く、長く。

ベンチには私のほかに女が一人座っている。女の顔は冴えた白菊で埋めつくされていて、見えない。けれど私はその女をずいぶん前から知っているような気がした。つい口がゆるんで、話しかける。

「電車は、来ないんですよね」

重たげに顔をうつむかせたまま、白菊の女はこちらを向いた。

「じゃあ、私たちはなにを待っているんでしょう」

女は静物のように黙り込む。返事の期待をせず、私は窓の外へ目を移した。まばらな家と畑が並んだのどかな景色の上方に、薄曇りの空が広がっている。まだ悲しいことはなに一つ起こっていない、調和のとれた美しい町だ。

「なんにも来ないってことを受け入れるのにも、時間がかかるのよ。きっと」

改札の向こう側で光るホームを眺め、女は穏やかな声で言った。

同じようにホームへ目をやり、女の言葉を反芻《はんすう》しながら、あれ、と頭の片隅で小さな火花が散った。なんにも来ない、という答えは私の中にはなかった。長い道のりで、たくさんの人間に会った気がする。けれど彼らはあくまで私がかつて出会い別れた、無意識の沼に沈んでいた人たちだった。新しく知るのではなく、再び会った、という感覚が強い。夜に見る夢の中でなにが起こってもさほど驚かないのと同じで、彼らとの会話で私が「驚く」ことは滅多になかった。

この女は、まったくの他人なのか。自分の体の中に異物を見つけたような奇妙な気分で、花に覆われた横顔を覗く。

「誰かに会うのは、久しぶりです」

「来ないわ」

女はゆっくりとうなずいた。

「ここは河口に近いから。混ざるのね、きっと」

それで潮の匂いがするのかと納得し、次の瞬間には、自分がなにに納得したのかよくわからなくなる。ぼんやりと無人のホームを見つめた。前はもっとたくさんのことを考えられた気がするのに、だんだん頭の中が割れたガラスをばらまいたように散漫になっていく。ただその中の、一際大きくギラつくカケラだけを、失わないよう、力を込めて握りしめている。

「でも、帰らないと。電車やバスを乗り継いでここまで来たんです。とても歩いて帰れる距離じゃないから、電車が動いてくれないと、困る」

女は黙って私を見ている。口をつぐまれると、表情の見えない女は本当にただの花束のようだ。潮が引くように遠ざかり、意思の疎通などこれっぽっちも信じられなくなる。

長い沈黙を経て、どこへ帰るの？　と女が聞いた。

え？　と私は聞き返す。間抜けな声を上げながら、どこへ、と反芻する。どこへ、どこへ。散らばったガラス片を掻き分ける。いつのまにか、残骸《ざんがい》の向こう側にはまっ白い空洞が広がっていた。どこへ帰るんだったっけ。おかしい、ちがう。帰らなければならない理由を、私はたくさん持っていたはずだ。その理由がきっと帰る場所だ。だけどどうしても思い出せない。

今度は私が黙り込む番だった。白菊の女はやがてこちらを見るのを止めて、膝の上にのせた自分の両手へ顔を向けた。色の薄い、あかぎれの浮いた荒れた手を開いては閉じる。

「私もね、ずっと考えてるの。なにかを迎えに行かなきゃいけなかった気がするんだけど、わからなくなって」

心底不思議そうに言う女の声に、ぞっとした。

急にそばにいるのが耐えられなくなり、トートバッグの持ち手を握りしめて立ち上がった。まだだ。まだ町は壊れていない。電車が来ないならタクシーでも、ヒッチハイクでも、なんでもいい。ここから出て、帰る。帰らなければ、またあれが来てしまう。急いで駅舎を飛び出し、車を探して走り回った。ぴち、ぴち、と鼓動に合わせて小魚が弾む。なるべく人通りの多そうな太い道を選んで進んだ。

それなのに、どうしてまた見覚えのある林沿いの一本道に迷い込んでしまうのだろう。絶望で体の力が抜けるよりも先に、見えない鈍器で殴り倒されるような底抜けの揺れがやってきた。地震だ。たまらず地面へ崩れ、跳ね飛ばされないようアスファル

ト へ爪を立てる。早く、早く逃げなければ。駆け出したいのに、揺れに阻まれて立ち上がることすらできない。恐ろしさで手足が凍《こご》え、口から獣のような叫び声が漏れた。

揺れが小さくなるのを待って立ち上がり、眩暈《めまい》をこらえて枯れ草と土がくるぶしを飲み込む悪路を進む。何度も、何度も、何度も、こんな道を走って逃げた気がする。どうして終わらないのだろう。どうしてここから逃げられないのだろう。帰る。帰らなければならない。そうでなければ見ることになる。理解しなければいけなくなる。冷えた水に足元を洗われ、とっさに後ろを振り返った。

道が、林が、まばらな家々が、目に映るなにもかもが黒くにごった水に飲み込まれていく。いやだ、待って。水を蹴って前のめりに足を浮かせた瞬間、背骨が砕かれたかと思う衝撃が全身を襲った。手足を凍えた流れにからめとられ、意識がぶつぶつと断たれていく。なにも見えなくなる間際に目を開いた。

ああ、ここは、真っ暗だ。

噴き上がる心は呪いに似ていた。こんなの許せない。こんなものであっていいはずがない。絶対に、絶対に、認めるものか――。

どれだけの時間が経っただろう。気がつくと、私はまた同じ駅の待合室に立っていた。白菊の女は変わらない姿勢でベンチに腰かけ、閑散としたホームを眺めていた。

「神様って、いないんですね」

呼びかけに、女はゆっくりと顔を向けた。白く密生した花弁の奥から、濡れた目がこちらを見ている気がする。

「神様が、いなくても、私たちはここまで辿りついたわ。それでいいじゃない」

「でも、自分が少しはこの世から大事にされてるって思いたかった。こんなにあっさりと、ないがしろにされて死ぬんだ、なんにも私を守っていなかったんだって、知りたくなかったんです」

「……あなた、幸せだったのよ」

え、と思わず聞き返す。女は柔らかい声で続けた。

「だって、それまでは、なにかに守られているかもしれないって思っていたんでしょう？ なにもかもに見放されて、たった一人で世界と向き合わなきゃいけないような、そんな寂しい瞬間を味わわずにいられたんでしょう？ 神様の代わりに、あなたを守っていた人がいたのよ。……ああ、あんまり覚えていないけど、私もそうだった気がする。私は、守っていた。とても楽しかった。そうね、少しだけ思い出せた」

表情のない女が初めて声に微笑を混ぜた。女の体からなまぐさい乳の匂いがふっと香る。乾燥した指をもどかしげにこすり合わせ、彼女はまたホームへ目を向けた。

「みんなそうだったのね。どうしても死ねないって思いながら、たくさんの人が帰れなかった。あの時、起こったのは、そういうことだった」

私は女のそばに腰を下ろし、しんと光るホームを眺めた。風のない、穏やかな午後だ。さらさらと透明な砂をまくように静かな時間が流れていく。

帰れなかったという女の声が、小さな波を立てて胸に沈んだ。違う、と思う。あそこにあったのは、あの体が引き裂かれるような苦しみが意味するものは、そんなかんたんなものではないはずだ。

「でも、帰ろうとしました。走って、こわかったけど、最期まで。私だけじゃなくて、あなたや他の人たちもそうだった。だからこんなところに残っちゃって辛いんじゃないんですか。がんばりましたよ、私たち」

振り払えない怒りが火焰《かえん》のように口からあふれる。女は少し間を置いて、長く息を吐いてから「やさしいのね」と言った。

「そうね、その通りね。がんばった。……だから、わかってくれると思う」

最後の一言は、すでに思い出せない彼方《かなた》へと宛てる声だった。女は、自分が迎えに行くはずだったもののことを、少しは思い出したのだろうか。どんな姿の、どんな名前の、どんな声をした赤ん坊だったのだろう。つらつらと思いを巡らせて、やめる。

今となってはこれっぽっちも意味のないことだ。私だって忘れてしまった。ただ、置いてきたものを思うたび、舌の上がうっすらと甘くなって体の内側に小さな花が咲く。それはどんな災害や死、暴力や忘却、神様の不在だって奪うことのできない、私だけのものだ。

「そろそろ行くわ」

穏やかに言って、白菊の女がベンチを立った。女は使い込まれて飴色になった小さな革のバッグを大切そうに提げていた。

「ここであなたと話したことも、忘れるんでしょうか」

問いかけに、女は足を止めてこちらを振り向いた。

「たぶんね。でも、いいのよ。忘れたって、あったことはなくならないわ。お話しできて、嬉しかった」

別れ際に私たちは握手を交わした。乾燥してざらついた女の手が私のてのひらに触れて、離れる。がんばろうね、と声で笑って、女は駅舎から出て行った。

私はベンチに座り直した。トートバッグを引き寄せて持ち手を腕に絡め、力を抜く。ここは静かだ。時間が止まっている。端に雑草が茂ったホームには、小鳥の一羽も降り立たない。駅名を告げる看板には赤茶色の錆が浮いている。

電車は、永遠に来ない。

どうしてここにいるのだったか。

ぴち、とトートバッグの中で水音が跳ねた。鏡のように凪《な》いでいた思考にさざ波が立つ。そうだ。地震で電車が止まってしまい、歩いて次の町へ行くことにしたのだ。こんなところでもたもたして、ホテルや旅館が満室になってしまったら大変だ。バッグをつかんでベンチを立ち、窓が割れて柱が傾いだ駅舎を出る。

出入り口をくぐってまず、違和感があった。駅前は閑散としていて、人影は一つも見当たらない。ついさっきまで何人か居た気がするのだけど、私がぼうっとしているうちに行ってしまったのだろうか。歩き出すと、足の先が自然と防風林に沿った道へ引き寄せられる。知らない町を歩くのだ。線路のそばを歩いた方が、迷子にならなくていいだろう。

薄曇りの空の下を、楽な気分で歩いた。旅行は楽しいけれど、そろそろ家に帰りたくなってきた。今回はずいぶん色んなところを巡った気がする。戻ったら、仕事をしなきゃだな。めんどくさいけど仕方ないな。気怠く眠たい気分で長く伸びた道を進んでいく。

途中で畑の間を通って市内へ向かう分かれ道があったけれど、気にせずにやり過ごした。わかりにくい道へ入ったら余計に隣町へ着くのが遅れてしまう。もう少ししたら、また家族に電話をかけてみよう。さっきは回線が混み合っていて通じなかった。きっと心配しているに違いない。

トートバッグの内側で、ぴち、ぴち、と小魚が跳ねる。そういえば、この魚はどこで手に入れたんだったか。あんまり長くビニール袋に詰めていると弱ってしまう。早く、放してやらなければ。

あれ、放すのは、水槽で良かっただろうか。魚を飼うとしたら割と大がかりな設備が必要なのではなかったか。疑問に思ってバッグの中を覗く。林檎《りんご》大の水袋の中で、光る魚はゆるやかな円を描いている。ふいに尾びれを跳ね上げ、ぴち、と水面を叩いた。

違う、水槽ではなかった気がする。私がこの魚を運ぶ先はもっと大きく、広く、限りのない、きれいな。

海だ。

海に、この魚を放さなければならない。

気がつくと、前方の林の下生えから黒い水があふれていた。弾かれたように走り出と、ぴち。た、地面を蹴った。しかし、迷わずその畑へ分け入る。柔らかな土を深く踏んで、渾身《こんしん》の力で地面を蹴った。警報が曇り空を切り裂く。トートバッグを固く握って体へ密着させた。ぴち、と魚は跳ね続けている。

私は、強く美しい靴を履いている。だからきっと海まで辿りつけるはずだ。踏み出した足が冷たい水で濡れる。まだだ。柔らかい食べ物を口に差し入れられた。思う存分憎んで、甘えた。きれいなものにたくさん会った。少し思うだけでもふつふつと光る。私が、他でもない私が、この瞬間も私の中で明滅するものを信じずに真っ暗だと嘆くなんて、そんな馬鹿な話があってたまるものか！　水を跳ね散らかして駆けるうちに、岩のような水圧が背後を襲った。体が、意識が、奪われる。

ああ、まだ光っている。魚が跳ねている。

足を動かし続けた。

11

すみれが急に現れたから、びっくりした。

場所は、何度か待ち合わせたことのある都内の駅前だった。久しぶりに会ったすみれは両手を開いて軽く私を抱きしめ、お腹空いたねえ、とへらへら笑った。白のシャツワンピースを着て、水玉模様のシュシュで長い髪をまとめていた。並んでいつもの鉄板焼き屋へ向かい、アボカドにチーズとうにをまぶして焼いたやつとか、和牛にわさびをちょんとのせたやつとかをつまみに飲み始めた。

ビールから焼酎《しょうちゅう》に持ち替えた辺りで、私はバイト先の予備校のいけすかない講師についてだらだらと語った。なんかさー、気づかいのない人っているじゃない。こっちは色々気を使うのに、向こうはそんな感じじゃなくて、受け答えもずけずけしてて雑なの。間をもたせようとか全然考えてないの。休憩所で気詰まりでさあ。すみれはお湯割りの梅干しをつっつきながら、へえーと風が吹き抜けるようなゆるい相づちを打った。ふわふわと酔いの回った口調で続ける。

「こう、ラジオの周波数？　をかちかち合わすみたいにさ、その人のしゃべり方とか、声のトーンとか、時間の進み方とかに、合わすの。自分を。雑な人相手なら雑になって、短気な人相手ならちょっと短気になる。まったりな人なら、まったり」

「はあ」

「そうするとね、楽だよー」

「えーやだよ。なんできらいな人みたいにならなきゃいけないの」

「真奈はちゃんとしてるからなー」

「すみれもちゃんとしてるじゃない」

「私はね、真奈の前だと、つられてちょっといい子なの。たぶん」

ふふん、と少し得意げな顔で、笑う。そんなすみれの姿を見ているだけで、温かい蜜《みつ》のようなものがひたひたと胸を満たし、幸せだ、と思う。ああ、幸せだ。幸せだ。すみれが笑っている。泣いてしまいそうだ。この人の周りを流れるさらさらとした空気が好きだ。初めて会ったときから、糸で引かれるように魅せられた。

「じゃあ、わざわざその、声のトーンとかを合わせなくても楽でいられる人が、相性のいい人ってことなのかな」

私は恋が終わったばかりだった。正しくは、恋が終わったばかりだった、と芋焼酎をあおる瞬間に思い出した。好きになってくれない男ばかり追いかけて、少しは振り向いてもらえたかな、と思ってもすぐにダメになるのが私の恋愛だった。すみれは少し首を傾け、わかんない、と首を振った。

「試しにちょっと合わせてみたら、今までの私より楽だなあって感じられる自分を引っ張り出してくれる人に会うかもしれないし」

「そんな人いる?」

「いるかもよ」

そこで、ピンと来た。確かすみれは、最近恋人ができたはずだ。その恋人と、きっと、とてもうまくいっているのだ。

「いいなあ」

「へっへっへ」

「そんなにいい男なの」

「まだよくわかんないけど、一緒にいて楽ちん」

「それは一番いいねー」

美しい夜だった。幸せだったのでお好み焼きもオムそばも、デザートのフォンダンショコラまで、きれいさっぱり平らげた。帰りは会ったのと同じ駅前で別れた。すみれは、また明日の講義でね、と言わんばかりの気安さで手を振って、雑踏の奥へと消えていった。

目を開けて、明るい天井が視界に広がった瞬間、こめかみが生温かい液体で濡れていることに気づいた。まばたきのたびに、幸福の余韻を含んだ甘ったるい雫《しずく》が一粒ずつ押し出される。

会話の内容は大学時代に交わした覚えのあるものだったけれど、あれは本物のすみれではない。私が頭の中で作り出した、夢のすみれだ。こうだったらいいなあと思う幻だ。あんな痛みのないものが本物であるものか。

それなのに、固結びになっていた心がほろりとほどけたみたいに、涙があふれて止まらなかった。辛いままでいたい。こんなもので楽になりたくない。だけど私は忘れていく。どんどん、どんどん、遠ざかる。

約束の日、国木田さんは最寄りの駅まで車で迎えに来てくれた。私は車に詳しくないけれど全体的にしゅっとしたコンパクトな銀色の車だった。遠野くんは紺色で車体の大きい、もっとごつごつした車に乗っていた。

前髪を下ろした国木田さんに挨拶をして、着替えの入った鞄《かばん》をトランクに入れ、助手席のシートに腰を下ろす。薄いミントの香りが鼻をくすぐった。消臭剤でも噴きかけているのか、車からはあまり煙草の匂いがしなかった。したっていいのにな、と思う。私は父親がよく吸っていたせいか、煙草に対する抵抗がない。お金がかかるので積極的に吸うことはないが、むしろ煙の芳《こう》ばしい匂いが好きである。職場の休憩所は空気清浄機の置かれた喫煙室とそうでない方に分かれていて、私は気分次第でどちらにも顔を出す。自販機のラインナップが異なっているので、野菜ジュースが飲みたいときと国木田さんが居るときは喫煙室、コーンスープが飲みたいときには禁煙室へ向かう。

国木田さんがドアを開けて運転席にすべり込んでくる。車体が少し揺れて、嗅《か》ぎ慣れたほろ苦い匂いがふっと香った。

「高速使って二時間ぐらいかな」

「ごめんね、運転交代できなくて」

「いいって。俺もここのところ帰ってなかったから、そろそろ顔見せろって言われてたんだ。むしろ湖谷がついてきてくれたら、母親がちょっと丸くなりそうで、いい」

「丸く？」

「こっちには帰って来ないのかとか、結婚はいつするんだとか、一人で帰るとうるさいんだ。友達や同僚を連れて行く方がもてなしモードになって、楽でさ」

友達や同僚、と慎重に胸で繰り返しながら、店の子も連れて行ってるの？　と聞いた。

「キッチンスタッフは何人か。松尾《まつお》や畑中《はたなか》が釣り好きだって言うから、去年は渓流釣りに」

「ふーん」

そんなに仲が良かったのか、と意外に思う。三人とも職場ではそれほどしゃべったりつるんだりする様子はなかったので気づかなかった。男性同士の付き合いは、女性同士のそれよりも淡白に見えてわかりにくく感じる。

シートベルトを締めてキーを回し、ふとこちらを向いた国木田さんは、「でも、女の人を連れて行くのは初めてだ」と悪戯《いたずら》を仕掛けるように少し笑った。

空はよく晴れていて、まだ六月だというのに力強い日射しのせいでうっすらと暑いぐらいだった。高速に乗ったあたりで、国木田さんは半分ほど窓を開けた。草木の匂いを含んだ風が小さな車を通り抜けていく。渓流釣りでとった魚についてだの、松尾さんが筋トレマニアなので三人で居るときにはそういう話ばかりしているだの、ぽつぽつとまばらな会話を交わすうちに、居心地の良さに負けてまぶたが落ちた。いつもと髪型の違う国木田さんと顔を合わせて話すのは慣れないけれど、並んで声だけを聞いているのは深夜の休憩所と同じ安らぎを感じた。

短く眠っていたらしい。

「湖谷、湖谷」

呼びかけにまぶたを持ち上げる。助手席のドアを開けて、国木田さんがこちらを覗き込んでいた。

「すみません、寝ちゃって……。もう、着きました？」

「いや、サービスエリア。ちょっとはやいけど昼飯食べよう」

バスツアーの年配客が多い食堂で、私はきつねうどんを、国木田さんはラーメンを選んだ。プラスチックの湯呑《ゆの》みに無料のほうじ茶を入れて、同じくプラスチックの軽い箸《はし》を手に取る。

「料理が仕事の人って舌が厳しくなって、外で食べるときに『これより俺の作ったもののの方がうまい』ってつまらなくなったりしないんですか」

卵色の麺をすすっていた国木田さんはちらりと目を上げ、んー、とのどかな声を出した。

「俺、こういうところのやっすいラーメン好きよ。メンマがへろへろで、わかめがやたらとのってんのとか、たまんない。旅の途中で食うものって感じ」

言葉通り、彼は小口切りにされた葱の一切れまで拾って丁寧にラーメンを平らげた。傍目《はため》には表情はほとんど変わらないけれど、眉間の辺りが明るいのでたぶん機嫌がいいのだろう。私も自分のペースできつねうどんを食べ終え、頰杖をついてウィンドウの外を行き来する観光客を眺めた。なんだか自由だな、と思う。久しぶりに頭のすみずみにまで日が当たり、温かい血が、細かな管を通って指の先まで巡っているのがわかる気がする。

食後にコーヒーを飲んで一休みし、車へ戻った。大型バスが並ぶ駐車場からは遠くに青々とした山が望めた。もう埼玉県に入ったらしい。私が助手席に座ったあと、国木田さんは車のそばで煙草をしばらくふかし、携帯灰皿にきゅっと火先を押しつけてから運転席に入ってきた。

時々変わった看板を指さして笑う他は、あまりしゃべらないまま小一時間が過ぎた。途中で一般道へ降り、一つ一つの建物の間隔が広い、のどかな田舎の町を進んでいく。

やがて国木田さんは黒瓦が並んだ大きな和風建築の前で車を停めた。入り口にかけられた木製の看板には「山の宿　みどり」と書かれていた。トランクから鞄を下ろし、国木田さんに続いて藍染《あいぞ》めののれんが掛かった玄関をくぐる。

受付に座っていた縞《しま》の着物を着た小柄な女性が、ああ、と明るい声を上げた。早かったね、道は空いてたの？　などと呼びかけながらカウンターを回ってこちらへ出てくる。年は五十代の半《なか》ばほどだろうか。髪をゆるみなく結い上げたうなじに清潔感があり、背筋がぴんと伸びている。この人が国木田さんのお母さんか。確かに口が達者そうな感じだ。息子へ向けていた目をその背後から現れた私へ移し、彼女は意外そうに目を見開いた。

「あら、こちらがお店の？」

「湖谷です。お世話になります」

「まあー、遠いところまで来てくれて嬉しいわ。ゆっくりしていってね」

女性はカウンターに置いた呼び鈴を揺らし、奥からエプロン姿の女性を呼んだ。こちらはずいぶん若く、十代ぐらいにも見える。アルバイトをしている地元の高校生だろうか。ふくふくと柔らかそうな体型をしていて、ほっぺたが赤い。聡一のお連れの方、二〇一にご案内してね。女将《おかみ》さんの指示に女の子ははぁい、と元気な声を上げ、聡一さんお久しぶりです、と礼儀正しく国木田さんへ挨拶した。国木田さんは女将さんに対しても女の子に対しても、ああ、だのおお、だの鈍い返事をして、少し照れくさそうに首筋を掻いた。

通されたのはこぢんまりとした一人用の日当たりのいい和室だった。テーブルと座椅子とテレビ、それに冷蔵庫が部屋の隅に置かれている。窓を開けると、畑や水田の間にぽつりぽつりぽつりと家が点在する静かな町並みの向こうに、高い山々がまるで緑の壁のごとく連なっているのが見えた。

こういうところでこの人は生まれたのか、と不思議な気分で戸口にもたれた国木田さんを振り返る。都内の深夜勤務のスモーカー、というこれまで抱いていたイメージと、目の前の景色とがずいぶんかけ離れていて変な感じだ。

「いい景色ですね」

「そりゃよかった。じゃあ、荷物置いてちょっと休憩して、三十分後に入り口な」

「はい」

足音が廊下を遠ざかっていく。窓枠に手をついて深く息を吸った。甘い草木の香りが肺の奥まで濡らしていく。

裏山、と国木田さんは呼んでいた。なんでもここの一家が三代ほど前から引き継いできた山の一区画で、春には山菜、秋にはキノコが採れるよう手を入れているらしい。民宿の奥に一家が住んでいる母屋があり、そばに山へと入る小道が作られていた。

「まあ、この時期はたいしてなんも採れないんだけど」

先を歩く国木田さんはリュックの他、ジーンズのベルトに小さな鎌《かま》を差している。散歩に行くならついでに余分な草を刈っておいて、と女将さんに頼まれたらしい。私は水筒と菓子が入った包みと、ちょっとした怪我に備えて消毒液や絆創膏などがしまってあるというポーチを渡された。普段は女将さんが使っているらしい年季の入ったそれを、腰へ回してぱちんと留める。

傾斜のゆるい細道を上るうちに、周囲の緑が濃くなっていく。丸い葉、とがった葉、楕円《だえん》の葉が生い茂り、まるでふんわりとした絨毯《じゅうたん》のようだ。木々がそれほど密生していないため、林の中に差し込む光は明るい。

きょ、きょ、きょ、と鳥が旺盛《おうせい》に鳴いている。時々それに、ぴる、ぴ、ぴ、と可憐《かれん》な声が混じる。時々国木田さんは足を止めて、道の方へと伸びた草や、樹木に巻き付いた蔓《つる》を刈った。なんでも増えてしまうと面倒な草と、そうでない草があるらしい。

「もしかして、ここにある草の名前がぜんぶわかるとか」

「いや、わかんないやつの方が多いよ。わかるのは、見つけたら刈らなきゃいけないやつと、食えるやつぐらいかな。子どもの頃に家でだらだらしてると、夕飯の食材が足りないからちょっと裏山で取ってきてって、よく母親に放り出された」

あのわさわさしているのが山椒《さんしょう》、これはイタドリだけど食うにはちょっと遅いな、あっちは刈った方がいい笹《ささ》だけどめんどくさいから今日はいいや、と気まぐれに植物を指さしながら国木田さんは奥へと進んでいく。だんだん傾斜がきつくなり、私は少し息が切れてきた。普段あまり運動をしないせいだ。国木田さんは声にも表情にも乱れがなく、歩いているのが山の中でも、都内の交差点でも、あんまり変わらないように見えた。

腰を伸ばすために足を止めた際、ふと、糸で引かれるように背後を振り返った。ほんの数メートルの距離にのみ、踏みしだいてきた細道が見えるばかりで、その奥は背の高い木々と枝葉に遮られている。

そわ、と背筋に緊張が走った。なつかしい気分だ。自分にとってあまりやさしくない、大きなものの中にいる。

「迷子になったり、しないんですか」

問いかけに、五歩先を行く国木田さんは相変わらずの平然とした声で返した。

「迷子になることもあるよ。子どもの頃は、たまになったな」

「そうしたらどうするの」

「運が良ければ戻れる。戻れなかったらしょうがない」

「え」

「まあ、一人なら野垂れ死ぬかも知れないけど、二人いたらどこに迷い出てもなんとかやっていけるさ」

淡々とした声の調子は変わらない。え、え、と重ねて聞くと、ようやくこちらを振り返ってにやっと笑った。

「ポーチに笛が入ってる。はぐれたら来た道を戻りながら、とりあえずそれ鳴らして。近くに基地局があって電波は通じてるから、スマホのGPSでも位置は確認できるし、電話をかけてくれてもいい。あと、こういう木に巻いてあるやつはぜんぶ親父がつけた目印な。数字を辿れば戻れる」

そう言って、国木田さんはそばの木に巻かれた黄色いテープを指さした。よく見ると、黒いマジックで数字が書かれている。転ばないよう足元ばかり見ていたので気づかなかった。ポーチには笛だけではなく、消毒液や絆創膏の他、方位磁石と小さなライト、虫除けスプレーに非常用のチョコレートバーまで入っていた。

「万端ですね」

「こんな低い山でも、足とかくじいて動けなくなったら大変だからな」

「国木田さん、冗談わかりにくいですよ」

「よく言われる」

歩き続けるうちに、なだらかで開けた場所へ出た。よく日が当たっていて、木々の間から下の町が見渡せる。だいたいここで休むんだ、と言って国木田さんはリュックからレジャーシートを取りだした。草の上に広げ、四方に適当な石を置く。

女将さんがもたせてくれた水筒には温かい緑茶が入っていた。飲んでみるとさっぱりとして、ほのかに甘い。近隣の特産のお茶らしい。お菓子の包みの中身は丸々とした大福だった。

シートに座って、こしあんの詰まった大福を頬ばる。きょ、きょ、きょ、と鳥が鳴き続けている。スニーカーのかかとの近くを小さな甲虫が這っていく。日射しが当たって、全身がぽかぽかと暖かい。国木田さんはあくびをし、私もつられて一つした。大福の最後の一切れを口へ運び、粉の残った指をぺろりと舐めるまで、ぼうっとしたまま私たちはほとんどしゃべらなかった。

「眠いな」

「あったかいですね、今日」

「なあ」

国木田さんはスマホのアラームを二十分後にセットして、シートにごろりと横になった。ちょっと寝るわ、と目をつむり、一度ぱちりとまぶたを上げて、湖谷も寝るか？　とアラームの数を増やした。私はどうしようか迷ったけれど、思い切って横になってみた。国木田さんはこちらに背を向けて静かな寝息を立てている。肩から肩胛《けんこう》骨《こつ》にかけてが、シャツの生地を押し上げてぽこりと小山のように隆起していた。松尾さんや畑中さんと、仲良く筋トレをしている成果だろうか。

周囲の草がさらさらと風に鳴っている。広い背中は温かそうだった。国木田さんの周りには風がよく通って日光が差した、この世の悲しいものに対して弾力を保つことのできる世界がきちんと広がっている気がした。あおむけになって木々の梢越《こずえ》しに広がる空を見上げる。目を閉じると、光を受けたまぶたの裏が明るい色でじわりと染まった。

いつのまにか、手をつないでいた。柔らかい手だ。先を行く彼女のワンピースから伸びたふくらはぎが木漏れ日を受けてひらりと光る。私たちは草を掻き分け、枝をくぐり、山の奥へと進んでいた。

「もう行くんでしょう？」

耳に甘さを残す声が問いかける。心が、魂が、喜びで弾んだ。胸の奥からひたひたと温かい蜜が湧き出て、会いたかった、とまず思う。ずっとこの場所にいたい。重なったてのひらを通じて、生温かい体温が交換されている。

この手を放してはだめだ。よく思い出せないけれど、放したらとてつもない後悔をする。嵐のような衝動が込み上げて、ぎゅっと彼女の手を握った。

「行かない。ずっとすみれと一緒にいる」

「行かないと、痛いままだよ」

「痛いままでいい」

いたわられるほど、意固地になった。だんだん私はわかってしまった。痛みは、ぬくもりに似ている。痛い痛い痛い、こんなに痛いんだから、きっと意味があるはずだ。こんなに苦しいのなら、どこか特別な場所へつながっているはずだ。繰り返し思ううちに、痛みは死者の体温へと変わっていく。痛ければ痛いほどいい。苦しければ苦しいほど、死者を近くに感じられる。忘れないでいられる。

あの静かな目をした男の子は、それが幻だと知っていたのだ。だからここから去っていった。

「でも、でも、やっぱりあんな風に死んじゃうなんてひどいよ。あんまりだ」

口に出せば、胸からぼろぼろと血が噴き出すように痛む。痛い。痛いのは本当だ。だって、とても大切だった。出会ったことが運命だったと信じられた、初めての人だった。あんなに簡単に奪われていいものではなかった。

「あなたが欠けたままなの。ずっと探してるのに、なにで埋めればいいのかわからないの」

先を行くすみれは答えない。やがて横手から黒い濁流が押し寄せて彼女の体をさらった。衝撃に抗い、結び目となった手を固く握る。指先が手の甲の骨に食い込んで、白く柔らかい手を潰してしまう。痛いだろうか、でもだめだ、行ったらいやだ、行ったらいやだ。水流に負けて、つかんだ指がじりじりとてのひらから抜けていく。いやだ、いやだ、どうしてもいやだ！　名前を叫んだ次の瞬間、引きちぎられるように手が離れた。白い指先が流れに飲まれてさらわれる。その場にうずくまって破裂するように泣いた。自分が、ごうごうと突風が吹き抜ける空っぽの洞窟《どうくつ》になった気がした。

目を開けて、まだ私は森の中にいた。

そばには誰もいない。泉のようにあふれた涙がこめかみを伝って髪へ染みこんでいる。まばたきのたびに黒い濁流がまぶたの裏へよみがえる。手が、離れた。なくした。はっきりともぎとられた。そうだ、宙ぶらりんが辛かった私は、ずっとこの手ごたえを欲しがっていた、気がする。

起きていても夢の中でも、あんな風に泣いたことはなかった。胸が奇妙に軽い。まるでずっと詰まっていた異物が慟哭《どうこく》で押し流されたように。

なにが起こったのか、よくわからなかった。

がさ、と小さな物音を立ててそばの茂みが揺れる。ぼう然と顔を上げると、奥の暗がりに白い腕がするりと消えていくのが見えた。

「すみ、れ」

舌が上手く回らない。待って、と呼びかけながらシートを立ち、つんのめるように後を追う。密に茂った草木を掻き分け、腕の消えた方向へ向かった。日当たりのいい場所から藪の中へ足を踏み入れた途端に周囲の光が減り、湿気が増したように感じた。さっきのは間違いだ、と大きな声で訴えたい。あなたの死の実感を得ることで、心のどこかが楽になるなんて嘘だ。次は絶対に手放さない。だから、もう一度。地を踏む感覚がないまま、ひたすら前へと進んでいく。

ふいに、地面が消えた。違う、草が深くてわからなかったけど、唐突な斜面になっていた。足がすべり、反応できずに上半身が傾く。

「湖谷！」

鋭い声とともに、背後から腕をつかまれた。落ちかけた体が反動をつけてがくんと止まる。振り返ると、大作りでがっしりとした顔立ちの男性が慌てた様子でこちらを見ていた。知っている人だ。名前はなんだっただろう、確か。

「国木田さん」

名前を口にした途端、すうっともやが晴れるように全身を包んでいた浮遊感が溶け消えた。国木田さんは深い溜め息をつく。

「どうしたんだよ。そっちは手を入れてないから危ないぞ」

「誰か人がいた気がして」

「人？」

怪訝そうな声につられて、顔を上げる。周囲は外からの侵入を拒む鬱蒼《うっそう》とした藪が広がるばかりで、白い腕どころか人の気配すらどこにも感じられなかった。

すみれじゃ、ない。あれもまた、私が作った都合のいい偽物だ。それなのに嫌になるくらい心を揺さぶられ、それまでの私が壊されていく。死者への誠実を保てない。

「狐にでも化かされたんじゃないか」

「そう……かも、知れません」

力強い腕に引っぱられ、足元がなだらかな位置へと戻る。国木田さんは開けた場所へ出るまで私の手首を放さなかった。

シートの上には、透明なビニール袋いっぱいに詰められた野草が置かれていた。

「なにも採らないのも面白くねえかなって、ちょっと上の沢を見に行ってきたんだ。だいぶ伸びてたけど、うどの芽先とミツバが採れた」

「これ、どうやって食べるんですか?」

「芽先はてんぷらかな。ミツバは味噌汁にでも入れよう」

山菜をリュックにしまい、国木田さんはじっと私の顔を見つめた。なにかを確認するような眼差《まなざ》しだった。

「なんでしょう」

「いや、山歩きってこんなのでよかったたか?　もっとうろうろしたけりゃ連れてくし、あー……相撲でもとるか?」

「え、なんで相撲」

思わず噴き出すと、子どもの頃はよくこのあたりで遊んだんだって、と国木田さんも肩を揺らして笑った。地面に輪を描いて相撲を取ったり、割り箸と輪ゴムで作った鉄砲《てっぽう》を手に草むらで戦争ごっこをしたらしい。

「おやつもおいしかったし、昼寝もできたし、静かな場所でぼうっとして気持ちよかったです。満足しました」

「それならよかった。じゃあ、そろそろ戻るか。夕飯前に風呂に入った方がいいだろ」

国木田さんはシートを畳み、これもリュックへしまう。足もと気をつけろよ、と言いながら下りの道を歩き始めた。国木田さんのお父さんの目印を辿りつつ、木漏れ日の差す細道を帰っていく。

薄い風が、すうっと体の内部を通り抜ける。固く詰まっていたものが流れ、隙間が空いている。私はきっと、なにかを忘れたのだ。暗い森に置いてきてしまった。それがいいことなのか悪いことなのかはわからない。ただ、大切にしていたピアスをなくしたときのように、すかすかとした心もとなさが胸を騒がせた。

途中の坂で、立ち止まった国木田さんは手を貸してくれた。一回り大きなてのひらを握り、体重をあずけて傾斜を越える。

ふいに手を離すのが惜しくなった。指先に軽く力を込める。国木田さんは一度こちらを向き、なにも言わずに手を握り返した。それから山を下りるまで、私たちはてのひらを重ねたままでいた。

宿に戻って国木田さんと別れた後、支度をして一階の浴場へ向かった。女湯の赤いのれんをくぐり、籐《とう》むしろの敷かれた脱衣所で服を脱いでいく。時間が早いせいか棚に並んだカゴはすべて伏せられていて、私の他にお客は見当たらなかった。

なにげなく化粧水やドライヤーが用意された洗面台の鏡を覗き、ぎょっとする。昼寝のときに泣いていたせいだろう。私の目元はマスカラとアイカラーが流れ落ち、パンダのようなくまができていた。国木田さんはこれを見て見ぬフリをしてくれたのか、と思わず顔が熱くなる。

浴室は薄緑と白のタイルが貼られたレトロな雰囲気で、カランが四つと、大人三人が足を伸ばして入れそうな広い浴槽があった。風呂椅子に座り、シャワーのつまみをひねって髪を洗う。指を差し入れて泡立てた瞬間、かすかに残っていた山の匂いがふっと鼻先を通り抜けた。

熱めの湯で満たされた浴槽にすべり込み、疲れた足を揉んでいく。小さな気泡をまとった自分の両腕を見ながら、あれ、と思った。

あざがない。春の終わりの血液検査でついてしまった、葡萄色のあざ。肘の内側の皮膚はつるりと透きとおり、もう右腕と左腕のどちらにあったのかも見分けがつかない。あんなに目障《めざわ》りで、痛くて、見るたびに落ち着かない気がしていたのにいつのまにか消えていた。

いつから私はあざの存在を忘れていたのだろう。

傷が消えると、途端に体の脆さがわかりにくくなる。ゆうげん、と呟く。肉体の有限。すみれや楢原店長の体は、個人では抗《い》いようのない大きなものに壊されてしまった。私の体はまだ脈を打っている。傷を癒やし、古い細胞を捨て、知らないうちに忘れていく。湯の中でゆっくりと手を握り、開き、裸の体を固く抱いた。

夕食は埼玉県産の野菜や豚を使った和食膳に近隣の川で釣れた川魚の塩焼き、あと国木田さんが山から採ってきた山菜の天ぷらまでついて、ずいぶん豪華なものだった。ジャージ姿の国木田さんも私の部屋で一緒に膳を囲んだ。私は宿の浴衣と半纏《はんてん》を借りた。

国木田さんのお父さんは色黒で頭がつるりとはげ上がり、いかにもこだわりの強そうな険のある顔立ちをしていた。息子と違ってしゃべるのが好きなようで、この刺身こんにゃくはどこのもので、埼玉のこの辺りではこんな野菜を作っていて、豚もなかなか品種がそろっててておいしいんだよ、うちも使ってるんだけど帰りにお茶は買っていった方がいいよ、と最後にはデザートの白玉あんみつのあんこにいたるまで、事細かに料理の説明をしてくれた。説明が長すぎて、少し料理が冷めるくらいだった。

それじゃあゆっくりしていって、酒のおかわりとかは聡一に持ってこさせてな、と言い残してお父さんが座敷を去る。ふと、それまで沈黙していた国木田さんと目が合い、たまらず笑いが込み上げた。

「ぜんぜん、似てない」

「いや、あれでも短い方なんだって。山菜やキノコのシーズンには、一個一個の種類の解説や、採集方法とかが挟まるから。うちの宿は、ネットのレビューに必ず親父の説明が長いって文句を書かれてるんだ」

自家製のいちご酒はさっぱりと甘く、じゅん菜と帆立の酢の物も、豚の味噌焼きも梅のあんがかかった茶碗蒸し《ちゃわんむ》しも、茄子《なす》やオクラの炊《た》き合わせも鮎《あゆ》の塩焼きも、国木田さんが作った山菜の天ぷらまで、なにもかもがとてもおいしかった。うっとりと少しずつ箸をつけて地酒をあおる。料理をすっかり食べ尽くし、二人で四合を空ける頃には、体がほかほかと温まっていた。

空にした猪口《ちょこ》をもてあそんでいた国木田さんが、中指と親指をすり合わせる。どこかで見た仕草だなと思っていたら、ちょっと煙草行ってくる、と腰を浮かせた。

「この部屋って禁煙ですか？」

「いや」

「じゃあ、気にしないで吸ってください。気にならないんで」

国木田さんは迷うように視線を動かし、やがて一度部屋を離れると煙草と灰皿を持って帰ってきた。

「悪いな、人の部屋で」

「いえいえ」

窓辺の椅子に移動した国木田さんは、カーテンを引いて窓を開けた。網戸越しに、清々《すがすが》しい外の空気が酒と料理の匂いが充満した室内へ流れ込む。外はぽつりぽつりと民家の明かりが点るばかりで、都心に比べると驚くほど光が少なかった。暗い窓に、明るい室内が映って見える。まるでこの部屋だけが闇の中にぽっかりと浮いているみたいだった。

「真っ暗だ」

「この辺はどこもこんな感じだよ」

ぱちん、と音を立てて国木田さんの手元に細い火が立った。くわえ煙草の先に色を移し、外へ向けて白い煙を吐き出す。嗅ぎ慣れた甘苦い匂いがふんわりと漂った。

「好きなんです、この匂い」

　こちらを振り向き、国木田さんは目を和ませて微笑んだ。特に言葉は返さずに、落ちついた表情で煙草をふかす。私は手酌《てじゃく》で猪口に酒をつぎ足して、残っていたお新香《しんこ》をつまみに少しずつ飲んだ。静かな時間が流れていく。

　母屋の俺の部屋がさ、と唐突に彼は切り出した。

「ちょうどこの窓とは逆向きで、昼間に登った裏山に面してるんだ」

「はあ」

「夜になると、窓の外は灯り一つなくて、なんにも見えなくなる。季節によっては、鳥や虫の声も聞こえない。自分の目や耳がおかしくなったのかってぐらいなんにもない、真っ暗な黒い壁になる。見てて面白いもんじゃないし、なんか暗いもんが迫って来るみたいでいやでさ。子どもの頃から、だいたい日が暮れたら雨戸を閉めっぱなしにしてた」

　暗闇を畏《おそ》れる子どもの姿が浮かび、微笑ましさに胸が温まる。それにしても、夜の山とはそんなに暗いものなのか。相づちを打って先を促《うなが》す。国木田さんは煙草をくわえ、ゆっくりと煙を吐いてから続けた。

「いつだったかな、先輩から煙草をもらって、吸い始めたとき。あんまりなにも考えずに、換気のために雨戸を開けた。百円ライターで火をつけて、とりあえず外を見ながらくわえてた。味がしねえとか、よくわからんとか、最初はそんなだったな。けど、ふかしてるうちに先の部分がぽっと明るくなるのが面白くなってきた。火っていいもんだなって思ったよ。小さくても火を持ってると、目の前に迫ってくる暗いもんの圧力がゆるむんだ。落ちついて、それがなんなのか目を凝らして見られるようになる。逆に、なんにも持たずに暗くてでかいものを覗き込むのは危ないんだなっていうのも、わかった」

温かな酔いが、頭の中でゆるやかな渦を巻いている。珍しく口数多く語られた言葉に耳を傾け、ようやく一つのことに気づいた。

「……国木田さんから見て、私はなんにも持たないで暗いものを覗き込んでいるように見えますか」

「ああ」

「うーん」

「少なくとも、楢原さんのときはな。しょうがないっちゃ、しょうがないんだろうけど」

「火って、なんなんでしょう」

「さあ。人それぞれだろうな」

「一本もらってもいいですか」

「ん？　湖谷、吸うのか？」

「あんまり。でも、たまには」

　国木田さんの向かいの椅子に座り、差し出された一本を唇にくわえる。いったい何年ぶりだろう。たぶん大学時代に友人からもらい煙草をして以来だ。先端にライターで火を点し、薄い煙を吸い込んでみる。

　香りはいいけれど、やっぱりそれほどおいしいとは思わない。それでも一口、二口と口をつけ、そのたびに赤い光を点す先端を眺めた。

「うまいか？」

「久しぶりで、よくわかんないです。でも、こうして見るときれいですね。考えたこともなかった」

　暗い外を見ながらだから、なおさら温かく感じるのかもしれない。二人並んでぼんやりと小さな火を点し、星のように点在する民家の灯りを眺めた。時々、国木田さんの横顔を覗き見る。この人から連想するものは、掘り起こされた夏の土だ。香りが強く、深く指を差し込むとこもった熱を持っている。

「国木田さんって、親切ですね」

「なんだよ、急に」

「いえ、なんとなく、言いたくて」

「俺からすれば、湖谷の方が親切だよ」

「ええ？」

「職場の女性スタッフで俺と長く居られる人って、あんまりいないんだ。だいたいこわいこか、なに考えてるのかわかんないって逃げられる。まあ、この通り愛想もないし、はなから期待してないんだけどさ」

「あー……私もはじめはちょっと緊張しました。でも、なんだっけな……」

そうだ、就職したばかりの頃は、ぜんぜん間がもたなくて緊張していた。なにしろ国木田さんは強面《こわもて》で大柄な上、基本的に休憩所でしゃべらない。気を使って話題を振るとかもせず、ただ黙って煙草をふかしている。

「確か、寡黙な人の前では、私も別にがんばってしゃべらなくていいやーって思ったんです。どうせ気にされないだろうから。それで、国木田さんのそばではあまり考えずにだらだらしてたら、なんか居心地がよくて……」

しゃべりながら、とらえどころのない変な気分になる。こんな話を誰かに聞いた。

これは私が考えだしたことではない、と思う。国木田さんは唇を歪め、なんだか見たことのないぎこちない表情を浮かべていた。

「でも、これは私が思いついたことじゃないんです。確か大学時代に、友達が」

言われた場所も、時期も、正確な背景はなに一つ思い出せない。

だけど覚えている。それを言われた瞬間、私は少し呆れたのだ。そしてすぐに、この子らしいなあと遠くのよく日が当たった野原を眺めるように思った。

「……教えてくれて……」

こんなところにいたの、と胸の内側に呼びかける。血の一しずく、骨の一かけら、私を生きる方向へと押し出す、意識にすら上らないほんの数秒の思考のうねり。

とても、とても久しぶりに、彼女に会えた。

急に泣き出した私を黙って眺め、国木田さんは煙草を二本灰にした。ちょっと待ってな、と途中で肩を叩かれる。席を立ったかと思うと彼は大きなお盆を運び込み、テーブルに残った皿を片付けていった。たぶんずっと上げ下げの手伝いをしていたのであろう、手慣れた無駄のない動作だった。最後にテーブルを台ふきんでぬぐって部屋を出て行き、十五分ほどでコーヒーのポットを手に戻ってきた。その頃には、私の呼吸もだいぶ落ちついた。湯気の立つマグを渡されてお礼を言う。

「だいじょうぶか」

「はい、すみません」

「気にするな」

国木田さんが入れてくれたコーヒーは香りが立っているのに苦みがなく、とてもおいしかった。さすがプロだな、と泣いたばかりなのに妙なところで感心してしまう。

コーヒーを半分くらいまで飲んで、やっと目の前で頬杖をついている国木田さんを見た。この人はいつも、変わらない。私の目線に気づき、なんだ、とばかりに首を傾けた。

「なにも聞かないんですね」

「聞いて欲しければ聞く。でも、聞いたってわからないことも多いから、俺からは聞かないよ」

そういえば、楢原さんのときもこうだった。国木田さんは、その人が傷ついた過程にあまり興味を持たない。それよりも目の前で起こっていることへの対処を優先する。現在なにで困っているのか。苦しくはないか、寒くはないか、痛くはないか、なにが必要か。今の私にとって、説明を求められないことはありがたかった。深刻さを帯びずに甘えていられる。

こちらを見ていた国木田さんの目がふっと和んだ。

「目が、腫《は》れてきてる」

「え、ほんとですか。まぶた厚ぼったくなってます？」

「いや、このへん。あとで冷やした方がいいな」

爪の大きな親指が近づき、涙袋の辺りに触れた。煙草の香りが鼻先をくすぐる。国木田さんの肌の匂いと混ざり合い、煙だけのときよりもさらに甘い、キャラメルのような匂いだった。

二杯目のコーヒーを飲み終わる頃、国木田さんは母屋の方へと帰っていった。大柄な体が消えてもなお、和室には生温かい煙の匂いが夜が更けるまで残っていた。

翌日、私たちは早めに支度をして宿を出た。せっかく遠くまで足を伸ばしたので、少し周囲を観光して帰ることにしたのだ。国木田さんのご両親は宿代をぐっとおまけしてくれた。秋にはキノコも採れるからまた遊びに来てね、と手を振られ、丁寧にお礼を言って車に乗る。

小一時間ほど車を飛ばし、蔵造りの古い建物が並ぶ川越の通りを連れ立って歩いた。途中でべっこう飴や手焼き煎餅《せんべい》を買い食いした。お昼はうなぎにして、菓子屋横丁で職場へのお土産も買った。

夕方の出勤に間に合うよう、二時には車に戻った。キーを回す間際で、飲み物をドリンクホルダーに入れようとした私と国木田さんの体が近づき、少し見つめ合ってからそうっと唇を触れ合わせた。柔らかみが伝わる素敵なキスだった。帰りの高速道路で私はまたうたた寝をしてしまい、けれど、すみれの夢は見なかった。

12

むきだしの足首を、さらさらと軽やかな水が撫でていく。

私は白砂が敷き詰められた海岸の波打ち際に立っていた。傍らで、水量の豊かな太い川が海へと向けてほどけていく。たっぷりと濡れた砂浜は踏み出すたびに海水が染みだし、砂の一粒一粒が細かいせいか、絹のような艶《つや》を放っている。海水は体温と近い温度をしていて、あまりに違和感がないものだから時々足を浸していることを忘れてしまう。

靴を脱いで、裸足でこの砂浜を踏みしめたらきっと気持ちがいいだろう。そんな風に思う。現に、辺りにはたくさんの靴が散乱していた。シャンパンゴールドのハイヒール、くたびれたスニーカー、かかとのすり減った革靴。どれも潮風にあおられ転がりながら、少しずつ波しぶきの中に消えていく。

「みんな、どこに行ったんだろう」

振り返ると、女が一人立っていた。女の顔は花弁のこまかな白い花に覆われていてよく見えない。

きれいなところだね、と女に呼びかける。女はそうねとうなずき、散らばる靴と、波打ち際と、日が沈む間際の甘い色をした空に溶けゆく水平線を、順番に眺めた。そうしてまた、私へ顔を向ける。

「ここで靴を脱ぐのかな」

「そうだと思う」

「この靴、気に入ってたのよね」

惜しそうな言い方がかわいくて、思わず笑ってしまう。女の足は装飾のないシックな黒のパンプスに包まれていた。女は腰を屈《かが》め、そっと指先を靴のかかとへひっかけた。柔らかい動作で、片方の靴を足から外す。

「ああ、もう終わりなのね」

脱いだ靴を手にしたまま、ふいに背後を振り返った女は、海へと流れ込む白い川の、その水源までをも見通すような遠い目つきをした。唐突に、はっきりとした声で誰かの名を繰り返し呼んだ。私にはうまく聞き取れなかった。知らない名前だから聞こえないのだろう。

呼びかけを終えて、女は深く息を吐いた。大切そうに片方の靴を持ったまま、私へ顔を向ける。

「こんな場所ばかりでなく、次は向こうで会いたいね」

「え？」

「それじゃあ、また」

口元に淡い笑みをのせて、女は残るもう一方の靴を脱いだ。ぽと、ぽと、と二つの靴が砂浜へ転がる。裸足で柔らかい砂を踏みしめ、一対の足跡を刻みながら、女はなにも言わずに砂浜の果てへと歩き去った。

　取り残された私は、しばらく散らばった靴の真《ま》っ直中《ただなか》に立っていた。脱ぎ捨てられた女のパンプスが少しずつ砂へ埋もれていく。葡萄色の空に、色の薄い星が散っている。けれどそれ以上星が輝きを強めることはなく、この海岸に夜は訪れないようだ。薄い波が、なんどもなんども足首を撫でては去っていく。

　足元を見下ろす。ピンクベージュの革製で、足の甲に同色のリボンが添えられたきれいなパンプスがそこにあった。まるで足の皮膚と溶け合っているみたいに履いている感覚がない。脱いでしまうのがもったいないな。そう思いながら、指先を靴のかかとへ引っかける。

足のうらを靴底から剝がした瞬間、ある女の名前が頭の中に流れ込んできた。卯木《うつぎ》すみれ。これは、卯木すみれの靴だ。思わず背後の川を振り返る。河口と、そこへ向かって陸を這う、白く発光する流れのすべてが見えた。河口から太く、細くを繰り返し、蛇行しながら市街地を抜けて、青々した山へと分け入っていく。生まれ、死んで、この海岸へいたるまで、卯木すみれが歩いてきた道筋のすべてが見通せた。靴を脱ぐことで私はまた一つ、彼女から遠ざかったのだろう。

道の半ばに、さよならも言えずに遠ざかってしまった人たちの姿が見えた。急に、温かい空気を含んで体がぶわりとふくれあがった。会いたかった。あの人たちにもう一度会いたくて、ただ一言のお別れが言いたくて、そのためにこんなところまで来てしまった。もう終わったのだ、大丈夫なんだと伝えたい。逆巻《さかま》く嵐のように願った瞬間、幸せでふくらんだ体から澄んだ音楽がほとばしった。はじめは小さな音だったそれを、背後から押し寄せた潮風が大きく広げ、遠く、遠く、川の彼方へ運んで行く。

やがて賑やかな音楽はやんで、私の体もしぼんでいった。見ていたいという気持ちがすうっと薄れ、光る川から目を離す。砂浜に卯木すみれの靴を落とした。続いてもう一方の靴を脱ぎ落とすと同時に、私の頭からすべての名前が消えた。

歩き疲れ、熱のこもった足のうらで濡れた砂浜を存分に踏みしめる。一歩を踏み出すごとに足が柔らかい砂へ沈んでいく。なんて気持ちがいいんだろう。うっとりと目をつむり、なめらかな砂へ体を倒した。動くことをやめて、足がなくなった。欲しがることをやめて、手もなくなった。おうとつを失った顔からばさばさと花が落ちる。橙《だいだい》やピンク、小さな火を点したような黄色。きれいな花ばかりだ。その花の上に、お腹に入れて抱いてきた花が赤い血のように降り落ちる。どの花もみるみる枯れて、崩れ、白い砂と混ざり合う。

気がつけば、私は一個の白い石となって、日暮れの浜に埋もれていた。

波音がまるで大きなてのひらのように私を包み、慈しむように撫でていく。

13

フカクフカク、愛し合える人が欲しい。暗い場所に囚《とら》われた私を、きっと迎えに来てくれると信じていられる人が欲しい。そうしたら、生きることと死ぬことのこわさを薄められる。

そう疑いもなく願っていたのは、いつの頃だっただろう。

目の前に、白いTシャツを着た男の人の背中が広がっている。短い黒髪はくしゃくしゃと乱れて枕に潰れ、顎のラインには細かなひげが浮いている。広々とした寝息は深く太い。顔を覗き込むと、夢でも見ているのか薄いまぶたの下で眼球が細かに動いているのが見えた。

「聡一さん、腕に入れて」

小さな声で呼びかける。男の人はわずかに眉を寄せ、ん、とかすれた声を上げて寝返りを打った。片方の腕をシーツへ伸ばし、もう一方の腕でなにかを囲うような仕草をする。私はかけ布団を引き寄せながら二本の腕の間へすべり込み、熱のこもった体に寄り添う。

平たい胸板に耳を寄せた。木槌《きづち》で杭を叩くような確かさで、心臓が一定の速度で鳴っている。この鼓動がいつまで、どれだけの強さで鳴り続けるかということに、私の意志や切実さは関係しない。おそらくはこの人の意志や切実さもあまり関係しないだろう。流れていく。シャツの脇腹《わきばら》に当てたてのひらをすべらせ、広い背中へ腕を伸ばす。

まるで川を抱いているみたいだ。強く、回した腕に力を込める。


秋の彼岸に、遠野くんと日付を合わせてお墓参りに出かけた。道中で花屋に立ち寄って花束を買う。レモンイエローやローズピンクといった華やかな色を好む人だったので、自然と選ぶ花の色合いも明るくなる。すみれへ手向《たむ》ける花束を持っているときはいつも、小さな提灯《ちょうちん》を持っている気分になる。

五ヵ月ぶりに会った遠野くんは元気そうだった。目つきがはっきりして、首筋の辺りの風通りがよくなったように見える。肌が焼けたな、と思っていたら、近所にちょうどいいサイクリングロードを見つけ、休日は自転車ばかり乗っているらしい。

すみれの実家に挨拶をして、ご両親と一緒に車で十分ほどのところにあるお寺の墓地へ向かった。私たちの他にもお参りに来ている人は多く、十台ほど入れる駐車場はほとんどが埋まっていた。すでに花が替えられ、掃除のされた墓が多く見られる。

遺骨の代わりにすみれが子どもの頃から大切にしていたぬいぐるみやアクセサリーなどが収められた卯木家のお墓は、相変わらずきれいに整えられていた。草が抜かれ、埃は払われ、花立てにはみずみずしい花が咲いている。すみれのお母さんが選ぶ花は薔薇《ばら》や百合《ゆり》など、大きくて華やかなものが多い。色はやっぱり、すみれ好みの暖色だ。

ご両親と私たちが持ってきた花束を花立てに供え、墓石に水をかけて清潔な布でふいていく。濡れた墓石は色を深め、つやつやとなめらかな光を放った。すみれのお母さんは供えてあった湯呑みのお茶を捨て、ポットから新しいお茶を注いだ。

周囲をほうきで掃き終えたすみれのお父さんが、束ねた線香に火をつけた。さわやかな甘い香りが立ちのぼる。数本ずつ小分けにされた線香を順番に線香立てに供えていく。私も遠野くんに続いて手を合わせ、目をつむった。まぶたの裏の暗闇は、今日もなにも答えてはくれない。

あの日から四度目の秋が訪れ、長いのか、短いのかもわからない時間が過ぎた。初めは行事のたびに黒い服や、色味の少ない服ばかり着ていた私たちも、普通の服装で墓前を訪れるようになった。すーちゃんよかったね、お友達に来てもらえて、とすみれのお母さんはしみじみと墓石へ話しかける。私は、まだここにすみれがいるとは信じられない。信じられないけれど、すみれがいる、とされている場所が美しく整っているのを見るとほっとする。張りつめた心が、ゆるむようになってしまった。

帰りに近所の和風レストランに立ち寄ってお昼を食べた。私とお母さんはサンマの塩焼きにキノコの炊きこみご飯がついた日替わりで、お父さんは肉豆腐定食、遠野くんはミックスフライ定食を選んだ。焼き目のついたサンマはよく脂がのっていて、箸で少し押さえただけでほろほろと白い身がほぐれた。お会計は、ご両親が持ってくれた。すみれの実家に戻り、お茶を一杯いただいてそろそろ、と席を立つ。

「二人とも、今日は来てくれてありがとうね」

玄関まで来てくれたすみれのお母さんが、ふと両手を広げて私と遠野くんの腕に触れた。

「あのね、体は見つからなくてもあの子の魂はもう空に昇ったはずだから。苦しんでない、って思うの。あの子が生まれたときからもうずっと、ずっと、自分のことと同じくらい、あの子のことを考え続けてきたのよ。なんとなくわかるの。だから二人ともう苦しまないで、元気でいてね。たまにあなたたちに起こった嬉しいことや楽しいことを聞かせに来てくれたら、あの子も喜ぶわ」

私はすみれのお母さんの、死者の意思を代弁する姿勢がとてもきらいだった。とてもとても、きらいだった。

この人もまた、川なのだ。どうしようもなく流されながら、遠ざかるものにさようなら以外の言葉をかける方法を探している。そしてそんな不自由さの中で、私たちにやさしくしようとしている。お元気でいてください、と頭を下げ、遠野くんの車で帰路についた。

最寄りの駅前まで送ってもらい、助手席のドアを開ける。

それじゃあ、と言いかけたところで、思い直して運転席に座る彼を振り返った。片手をハンドルに添えた遠野くんは、次はまた春かな、ついでに花見とかしたいよなあ、なんてのどかな声で言っている。

「遠野くん、私、好きな人ができたよ」

一瞬なにを言われたのかわからなかったとばかりに目を丸くして、遠野くんは車のエンジンを切った。ちょっと、と言いながら車を降りて助手席側へ回り、手招きする。私も車のドアを開き、彼のそばへと向かった。すると、長い両腕が肩へと回され、唐突にぐっと抱きしめられた。親族同士が行うような、乾いたやさしいハグだった。耳に、うつむいた遠野くんの髪が触れる。

「よかったなあ。ほんと、よかった」

「恥ずかしいよ」

「こういうときはいいんだよ。よかった。すげえ、よかった。湖谷がうまくいって、嬉しい」

私も両手を遠野くんの背中へ当てた。肩胛骨の突き出た薄い体だ。まばたきをする。遠野くんの話題が出たときには、いつも鼻歌でも歌い出しそうなくらいゆるんでいたすみれの口元がまぶたに浮かぶ。てのひらを大きく、広く動かして、丸い猫背を慎重に撫でた。

「……俺もさあ、許してもらえるかな」

耳元に、聞いたことがないほど弱い声が落ちた。体を離し、遠野くんの目を覗く。いつかの日に見たような、静かで心もとない光り方をしていた。

「私は、すみれじゃないよ」

「湖谷の感じるままでいい。一番あいつに近かった湖谷の言葉なら、信じられる」

信じる、とはなんだろう。少し前までは都合のよい解釈をして死者を置き去りにし、楽になることだと思っていた。けれど、それだけではないのかもしれない。もっともっと難しくて、勇気の要ることなのかもしれない。ゆっくりと記憶の川を遡《さかのぼ》り、私が見た、たくさんの瞬間を思い出す。

「すみれは、遠野くんのことが大好きだったよ」

　こちらを見つめる遠野くんの表情が少し曇る。なにかを言われるより先に言葉を続けた。

「他の人に取られたら、妬《や》いたり、悔しがったり、あるかもしれない。でも、あの人の中では、遠野くんを大事にしたいって気持ちが一番大きかった気がする。だから、すみれができなかった分も、遠野くんは自分を大事にした方がいい。辛いより、辛くない方がいい。そんな風に、私は思う」

　遠野くんはうつむき、長く、長く、息を吐いた。湖谷はこんなときでも慎重だな、と言われ、なにそれ、と笑う。彼は上目にこちらを見て少し頬をゆるめ、ありがとな、と言った。また春に、むしろたまにはご飯でも行こう、と声をかけ合って別れた。大きく手を振って、遠ざかる車を見送った。

　十月の初めに、本社から春の異動にまつわる希望調査票が届いた。

人事担当が生《き》まじめなのか、一年後のビジョン、三年後のビジョン、五年後のビジョン、と長期的な展望の記入が求められる他、異動先も第三希望までみっちりと志望理由を書き込まねばならず、なかなか手間がかかる。

どうしても職場や家ではやる気が起きなかったため、休日の午後に一念発起して駅前のカフェへ持ち込んだ。トールサイズのコーヒーを注文し、かちかちとシャープペンの芯を伸ばす。

第一、第二希望には前からぼんやりと憧れを持っていた商品開発部や広告部への意気込みを綴り、第三希望でもう少し現実的なレストラン事業部でのキャリアアップを考える。五年後のビジョン。関東圏の店舗で店長に就任すること。その業務を達成するに当たって、なにが大切だと考えるか。答えに詰まり、指先でシャープペンを回す。去年は「お客様のことを考えたお店作り」だの「スタッフの働きやすい環境を整える」だの、ふわふわしたことばかり書いた気がする。けれど、今年は長く引っかかっていることがあった。

楢原さんから神崎さんへリーダーが代わり、お店の雰囲気はがらりと変わった。よい変化も、さみしい変化もあった。楢原さんと神崎さんのどちらの方がいいリーダーかは、売り上げだったりスタッフの育成だったり働きやすさだったり、さまざまな観点から評価が分かれるところだろう。正直なところ、神崎さんになってやりやすくなったこともたくさんある。けれど私はどうしても、事務所でＣＤを交換する楢原さんの後ろ姿が忘れられなかった。

どうしてこんなに些細《ささい》なことが気になるのだろう。もちろん私が楢原さんに恋心を持っていただとか、そんな心当たりはまったくない。なら、どうしてあの人と働く夜は安心して、楽しかったのか。

冷めたコーヒーを一口すすり、窓の外へ目を向ける。少し前までみずみずしい青葉を茂らせていた街路樹はすっかり黄変し、冬への支度を始めている。道行く人の服装もボルドーやカーキ、紺色などの落ちついた色合いが多い。新しいコートが欲しいな。ポンチョみたいな、かたちのかわいいやつ。これを着たら、きっとたくさんいいことがあるって勇気づけられるような。そんなことをぼんやりと思い、また目の前の書類へ意識を戻した。

オーディオ機器の前にしゃがんでいた、楢原さんの背中。

あ、と小さな驚きが頭の隅で弾けた。楢原さんは、お店ではいつも楽しそうだった。少なくとも私を含めたスタッフの前では楽しそうに見せてくれていた。トラブルが起きても、売り上げに悩んでも、プライベートにどれだけ苦しんでも、常に安定した温かいふるまいを崩さなかった。あの人はその一線を大切にしていたのだろう。部下が、未来の自分を想像して上司へ抱く夢のようなものを壊さなかった。だからこそ私はこの職場で生きていく未来を、困難はあっても楽しいものにできる、と無意識に信じていられたのだ。

かち、とシャープペンの芯を押し出した。気が急《せ》いてうまく書けない。集中して空欄を埋めていく。ほんの少しの絶望でたやすく見失ってしまう小さな火を、目を凝らして書き留める。体のあざが消え、時間が流れても火は残る。すみれも楢原さんも、ちゃんと残してくれていた。

三十分ほどかけてずらりと並んだ空欄を埋め、一息ついて周囲を見回した。いつのまにか店内は早上がりのサラリーマンや学生で混み合っていた。入り口近くの小さなテーブルには、膝頭の触れあう距離でスマホ片手に語り合うカエルちゃんとキノコちゃんの姿も見えた。何度か店で見かけて挨拶を交わすうちに、私は彼女たちの名前を知るようになった。背の高いカエルちゃんはリコちゃん、猫っぽいキノコちゃんはミチカちゃんというらしい。

リコちゃんがダンススクールで不在の日、一人でカプチーノを手に宿題をしていたミチカちゃんが、あの日にあった本当のことをそっと教えてくれた。

「私たちの学年の、英語の先生が辞めたんだ。鈴村《すずむら》先生っていう女の人で、ちょうどお姉さんと同じぐらいの年齢だったと思う。ぜんぜんイケてなくて、鈍くさくて、みんなに舐められてて、誰もその人の授業なんか聞かなかった。きらわれたまま、田舎で結婚するとかで学期の途中でいなくなったの」

外では小雨《こさめ》が降っていた。ミチカちゃんは大人みたいな顔をして、指先を温めるように何度もカプチーノの入ったマグを持ち直した。

「いなくなったって、私たちなんとも思わなかった。ブス村いなくなってせいせいした、次はイケメンがいいねとか言ってたの。でもね、そこの席でお姉さんが子どもみたいにわんわん泣いてるのを見て……あー、あの人もきっと泣いたんだ、大人だってこんな風に傷ついて、泣いたりするんだって、やっとわかったの。だから私たち、ここでお姉さんを泣き止ませられなかったら、本当に私たちダメになるって、そう思って声をかけたんだ。完全に、自分たちの都合で」

だからごめんね、とミチカちゃんは呟いた。私はなにを謝られたのかよくわからずに首を振った。

「その先生とは、それっきり？」

「うん。あの人はもう私たちのことなんか、忘れたいと思う」

「心の中で棘みたいになってるなら、手紙でも書いたらどうだろう。ごめんなさいって、謝るだけでも楽になると思うよ」

「……楽になるために謝るって、卑怯《ひきょう》じゃないかな」

「だって私は会ったこともない英語の先生より、ミチカちゃんやリコちゃんの味方だもの。いいじゃない、卑怯で。ぜったいに許さないって返事が来たらそれはそれで、二人も、その先生も、少しはすっきりするかもよ」

「お姉さん、無責任だなあ。大人なのに」

ミチカちゃんが、苦いものを嚙んだように笑う。そして、もし手紙を書く気になったら送る前に読んでね、と内緒の話のように言った。

ぴったりとオウトツの嚙み合ったパズルのピースのようなリコちゃんとミチカちゃんを眺めていると、なにかを思い出しそうになる。一度私が手放したもの、すみれと一緒に失ったもの。フカク、フカク。愛し合って、救い合って、生きることと死ぬことのこわさを薄める。たった一人で暗い場所に取り残されても、深く結ばれた誰かが助けに来てくれる。そんな幼稚な夢想は、あの日を境にこなごなに打ち砕かれた。この世で最も悲しいこと、最も救いを求めないことだけが、私にとっての本当になった。

でも生きて、確かにこの世に存在していたすみれは、けして悲しいものではなかった。美しくて、光を放っていた。生きているすみれ、今ここにいないすみれ。信じるとは、なんだろう。

ところどころに明かりが点り、徐々に暮れていく町へ目を移す。駅の出口から押し出されたたくさんの人が夕飯の献立《こんだて》やバスの時間、明日の予定を考えながら、目の前を横切り、去っていく。

明け方に、うっすらと目覚めた。部屋が青暗いのはまだ日が昇りきっていないからだろう。今、何時だ。鈍く思って時計を探す。あまりに眠くて目がうまく開かない。ベッドのそばで人の気配がした。ああ、もうバイトの時間なのか。いってらっしゃいと言いたいけど、鉛のような頭は枕に沈んだまま、手だけがなんとか宙へ浮いた。布団の中で温まっていたてのひらに、ひやりと冷たい手がすべり込む。私の手を軽く握って、とん、とん、とシーツを叩いた。いってきます。うん、いってらっしゃい。どこかでオルゴールでも鳴っているのか、幸せな、久しぶりに出かけた遊園地みたいな、少し安っぽくてたまらなく幸せな音楽が聞こえた。よくよく意識を凝らせば、それは彼女の体から聞こえた。それで、わからなかったことも、知らなかったことも、すべてわかってしまった。

「もう、行っちゃうの」

彼女は答えない。代わりに、私の手を握る指に少しだけ力がかかった。私はもう一方の手をまぶたの裏の闇へと伸ばして彼女へ触れた。髪に、首に、肩の曲線を何度も撫でる。そうか、あなたは、とても長い距離を歩いて、私に会いに来てくれたのか。てのひらは自然と傷を探した。痛かっただろう、さみしかっただろう。思うだけで胸が締めつけられる。けれど彼女の体に傷はなく、凍えてもいなかった。ただ、かつてと同じ、彼女だった。

「大好きだよ」

気配だけでも、うなずいたのがわかった。伝わったことの喜びに満たされ、これ以上なにもいらなくなる。引き止める言葉も、別れの言葉も、いらなかった。やがて彼女はつないだ手をほどき、ゆっくりと部屋から出て行った。

次に目を開けて、天井が明るいことに驚いた。

スマホからかん高い電子音が響いている。昨日と今日との関係がさっぱりわからなくなり、混乱する。今、何時だ。え、今日は休み？　仕事？　朝方に起きた気がする。あれ、確かバイトに行ったんだよね。ってことは大学生？　いや、私はとっくに大学を卒業していて、だから、あれ？　シーツに肘をついて勢いよく起き上がり、血が追いつかずに眩暈がして、もう一度枕に突っ伏す。

どうしてだろう、ぼろぼろと涙が出てきた。幸せだった。なにが満たされたのかもわからず、悲しいことも後ろめたいこともなに一つなくて、ただただ幸せだった。

スマホが鳴り続けている。いい加減アラームを切ろうと手を伸ばしたところで、それが電話の着信音であることに気づいた。まだ寝ぼけていたらしい。慌てて画面を表示する。発信者は、遠野くんだった。

「はい」

遠野くんの声は今まで聞いたことがないくらい弾んでいた。私もその声に相づちを打つ。

「すごい、すっごい偶然。私も見たよ」

すみれの夢、と言いかけた舌が止まる。布団から抜いたばかりの左手を見下ろす。体のどこもかしこも熱がこもっているのに、左のてのひらだけが水を握っていたように涼しい。

信じるとは、なんだろう。

「すみれが会いに、来てくれた」

回線の向こうで、歓声を上げた遠野くんが嬉しそうにしゃべり続けている。私はぼんやりとベランダへ顔を向けた。ガラス戸の先はどこにでも行ける、なんでもできる、輝くばかりに晴れ渡った水曜日の午後だった。

14

波の音がする。温かな砂がやさしく私を洗い、磨き、こまかな傷を埋めていく。

――ここはとてもいいところね。

呼びかければ、そう？　と返る声がある。風に織り混ざるかすかな声だ。

――ずっと苦しかった気がする。

そうかもしれない、と風がうなずく。

――食べることは、奪うことは苦しかった。

そうかもしれない、とまたうなずく。

——痛みも、恐怖も、苦しかった。

そうかもしれない。

——生きることは、とてもさみしくて苦しかった。

そうかもしれない。風は空の高みへと巡り、また私の傍らへ戻ってきた。ずっとここにいたっていいよ、と囁く。

——ありがとう。

でも、と風は続けた。あなたはいずれ、ここを去るだろう。すべての苦しみを飲んで、ふたたび海を渡るだろう。

――そうかな。なんのために。

全身を温かいものが撫でて、去った。砂がさらさらと流れている。とてもそんなときが来るなんて信じられなかった。

それなのに、その呼び声は確かに聞こえた。はじめは小さな、風に紛れそうな弱い音で。いつのまにかとても大きく、それしか考えられなくなるほど激しい熱をはらんで海の彼方から私を誘った。

行くんだろう、と風が囁く。行って、抱きしめてもらうといい。言われてしまえば、動き出さずにはいられなかった。重く強ばった外殻を震わせ、砂浜に跡を刻みながら波打ち際へと進んでいく。透明な波が押し寄せる中で、私を抱いていた真っ白い殻を砕いた。

解き放たれることを喜ぶように、中から小さな魚が飛び出した。次の瞬間、魚の目は私の目になっていた。躍動する真新しい魂も、海の果てからの呼び声も、その先にある肉の器も、なにもかもが私のものだった。

新鮮な水の味を確かめながらぐるりぐるりと旋回し、振り返らずに稲妻の速度で泳ぎ出す。呼ばれている。もう次の靴が用意されている。また、たくさん歩くだろう。痛みや傷を溜めるだろう。それでもぜんぜん構わない。歩き続けた先で、何度でもなつかしいあなたに巡り会いたい。

ふいに水の匂いが変わった。みるみる陸が近づいてくる。呼ぶ声もどんどん大きくなる。

帰ってきた、帰ってきたよ。大きな声で泣きながら、私は私をすくい上げようとする一対のてのひらへ飛び込んだ。

解説

東えりか（書評家）

二〇一一（平成二十三）年三月十一日（金曜日）十四時四十六分十八秒、あなたは何をしていただろうか。

私は確定申告のために出向いた川崎《かわさき》市の税務署からの帰り道だった。線路わきの道路を歩いていた時、突然足元がふらついた。「めまいか？」と思った瞬間、今度はふわりと身体《からだ》が浮いたような感じがした。ほぼ同時にとうとう大地震がきたのか、と気付いたのだ。

頭上の電線は大縄跳びをするときのようにぐるぐる回りだし、誰もが立っていられない。ちょうど小学生の帰り時間で多くの子供たちが周りにいた。すぐそばの工事現場の男性が「こっちにこい」と手招き、みんなを空き地に誘導してくれた。揺れが止まり、子供たちを一度小学校まで連れていってから駅に行くと、すでに全線が止まり、はてどうやって帰ろうと思案しているときに、ちょうどバスがやってきた。運転手さんは何も気付かなかったようで、すぐに家に帰り着いた。

夢じゃなかったと気付いたのは室内のCDラックが雪崩《なだれ》のようにくずれていたのを見た時だ。そこからコンビニ、スーパーマーケットと走り、当座のものを買い集め、真っ暗な夜に蠟燭《ろうそく》を灯《とも》して過ごしたのだった。

東日本大震災を経験した人たちは、東北の被災者だけでなく、あの揺れを体験した人たちなら、だれもが何度も思い出しているだろう。「あの時、私はどうしていたのか」ということを。

彩瀬まるは仙台《せんだい》から福島《ふくしま》に向かう電車の中にいた。友人を訪ねて東北旅行をしている最中に大震災に遭遇する。そして九死に一生を得た。この体験は翌年（二〇一二年）に『暗い夜、星を数えて3・11被災鉄道からの脱出』（新潮社）というノンフィクションとして上梓《じょうし》された。

二〇一〇年に『花に眩む』（新潮社電子書籍）で第九回「女による女のためのR－18文学賞」の読者賞を受賞しデビューした彩瀬まるは次の作品も当然、小説になるはずだった。だが大震災が一人の作家の運命を変えた。そう、「変えた」と言い切ってもいいほどの経験を彼女はしたのだ。

その結晶が本書『やがて海へと届く』である。過酷な体験を小説に昇華するまで五年という月日が必要であったが、見事に結実した。

本書を上梓したときの著者の言葉を紹介しよう。

――震災発生日の深夜、吸い込まれそうなくらいに黒く、深い、明かりが一つもなくなった町を高台から見下ろして以来、私の中にはいつも、冷たい石のような不信が残っていました。（中略）真っ暗のままもとの暮らしに戻り、一人の大人として生きていくのは辛《つら》かった。なので、私には私を回復するための物語が必要でした。――（講談社ＨＰ）

多分、同じように悩んでいる人はいるだろう。その人の手助けをしたい。それは彩瀬まるの切実な願いだった。そのためにはどうしても五年という歳月が必要だった。そしてその物語は私が望んでいたとおり、美しくて恐ろしくて、でも腑《ふ》に落ちる作品として完成されていた。

物語は奇数章と偶数章で違う「私」が語っていく。

奇数章の「私」は二十八歳の湖谷真奈《こたにまな》。第一章では大学時代からの親友、すみれの不在が語られる。三年前の大震災の前日、同棲中の遠野敦《とおのあつし》に「最近忙しかったから、ちょっと息抜きに出かけてくるね」と一人旅に出かけ、そのまま行方《ゆくえ》がわからなくなっていた。すみれの死を今も受け入れられない真奈は、ホテルの最上階にあるダイニングバーに勤めながら、ことあるごとに「あの子なら」とすみれのことを思い出す。だが遠野敦はすみれの物を処分し、新しい場所へ引っ越すという。引き取りたいものがないか立ち会ってほしいという遠野に割り切れない思いを持つ真奈。

偶数章の「私」はどこの誰とも明かされない。最初は寂《さび》れたバス停のベンチに座っていた。「バスは来ない」とどこかで見覚えのある老婆に言われ、舗装がひび割れた田舎道《いなかみち》を歩き出す。あてもなくどこまでも歩き続ける。歩きながら考える。私は一体なにを忘れてしまったのか。

奇数章の「私」はどうしようもない現実の中に生きている。すみれをいち早く忘れようとするすみれの母。新しい人生を歩き出すことを決めた遠野敦。ダイニングバーの客層を見てBGMを選曲する楢原《ならはら》店長。口数が少なく大柄《おおがら》なキッチンリーダーの国《くに》木田《きだ》。

すみれとの思い出が浮かんでは消える。学生時代に語り合った将来のこと。つなぎあった手の感触。一人旅を趣味にして、運命を探し続けていたのかもしれないあの子は今どこにいるのだろう。「会いたいねえ」と遠野に同意を求めることしかできない。恋人だったかもしれない男と出会ってもひとりで歩き続けている。ずっとずっと。

偶数章の「私」は何も思い出せないままさまよい続ける。思いもかけない人が死に、思いもかけない恋が始まる。時間は一秒ずつ確実につながっていて、一秒ごとの出来事が重なり、世の中は普通にまわっていく。受け入れ難いと拒《こば》んでいた日常も、やがては身体に馴染《なじ》んでしまう。かたや生臭い現実を過ごす「私」。かたや夢のなかをさまよう「私」。

奇数章の「私」の世界では、思いもかけない人が死に、

世界が隔《へだ》たってしまったふたりが変わらないのは「歩くこと」。どこへつながっているかわからないのに歩き続ける。その間に、ほんの一瞬だけ思考が交錯する。「フカクフカク」という呪文《じゅもん》のような言葉は、やがてそれぞれのいるべき場所へいざなっていく。

彩瀬まるが作り上げたふたりの「私」はどちらも彼女自身だ。電車が止まってしまい、次の町まで歩き出したとき、道路が陥没していたため、道路工事の男性に内陸への道へ誘導された。それがなければわかりやすい海沿いの道を進んでいただろう。運命なんてどこでスイッチが入れ替わるかわかったもんじゃないのだ。

本書が上梓される直前、全国大学生活協同組合連合会が発行する「読書のいずみ」

で彩瀬まると女子大学生が「ながい『旅』の話」と題した対談を行っている。相手が大学生ということもあるのか、彩瀬はこの物語についてかなり深い話をしている。

後半は涙が止まらなかったという学生に、「全々考えてなかった」と答えつつ、二人の主人公の気持ちを最後の着地点にちゃんと連れて行くということを考え、ラストシーンが見えないまま書き続けていたのだ、と答えている。あの時に死んでしまったかもしれない自分を「すみれ」に投影し、今の自分の心の動きを「真奈」に託す。最初に考えていた遠野がおしゃべりになってしまったり、真奈が現実に対して予想よりも冷静な人になってしまったりしたことは、書いてみて驚いたことだったのだそうだ。

社会人になって思うのは、そんな簡単には取り乱さないものだ、ということ。特に仕事の現場にいるときは、個の感情より責任感が前に出る。二十八歳という年齢を思えば、それは当たり前のことなのだ。

思えば、彩瀬まるの小説は最初から海の匂いがした。デビュー作の『花に眩む』では、異世界に暮らす人たちの背景に海の生き物や浜辺の風景があった。大震災に遭い、命からがら海から逃れた。

最新作（二〇一八年）の『珠玉』（双葉社）ではアイドルとして一生を過ごした祖

母を慕《した》う女性を陰となって守り続けるのは、なんと黒真珠だ。長い間、奇跡のように海の底の貝のなかではぐくまれた黒真珠のBGMは潮騒《しおさい》が似合う。時に獰猛《どうもう》になり、時に母のように包み込む海のモチーフはこれからも彩瀬まるの小説には欠かせないものになるだろう。

そしてもうひとつのテーマは「不在」だと思う。誰かが欠けているという不安定な状態を描くのが上手《うま》いのだ。

二〇一八年、タイトルもそのまま『不在』(KADOKAWA)という小説も上梓した。

長い間、疎遠だった父が死に、その後始末のために父が一人で暮らしていた洋館に出向く人気漫画家の斑木《まだらぎ》アスカは、遺言で屋敷《やしき》と土地を相続することになる。幼《おさな》いころの思い出をたどり、解体してしまった家族の痕跡《こんせき》を拾い集めていく。不意に居なくなった大切な人は今でも旅を続けているというモチーフは、彩瀬まるの作品のどこかにいつも登場している。

果たして『やがて海へと届く』の偶数章の「私」はどこかへたどり着いてくれただろうか。真奈はすみれへの喪失感をこれからどう飼いならしていくのだろうか。

警察庁によると、岩手、宮城、福島の三県の震災による行方不明者は、二〇一八年十二月十日時点で二千五百三十人。今でも捜索は続いている。あの大震災からもう直《す》ぐ八年が経《た》つ。どれだけ時が経っても、悲しみがなくなることはない。この小説は悲しみとどう向き合うべきかのいくつかの答えを用意している。もちろん、その中に正解はないかもしれない。でも「考える」という時間を大切にしよう、というメッセージは受け取ってもらえるだろう。

生きていても死んでしまっても、いつかはみんなどこかへたどり着く。じぶんもいつかそこに行く。そう信じると、気持ちの底が温かくなる物語である。

●本書は二〇一六年二月に、小社より刊行されました。
文庫化にあたり、一部を加筆・修正しました。

|著者|彩瀬まる　1986年生まれ。2010年『花に眩む』で第９回「女による女のためのR－18文学賞」読者賞を受賞しデビュー。自身が一人旅の途中で被災した東日本大震災時の混乱を描いたノンフィクション『暗い夜、星を数えて　3・11被災鉄道からの脱出』を2012年に刊行。本書『やがて海へと届く』で第38回野間文芸新人賞、『森があふれる』で第36回織田作之助賞、『くちなし』『新しい星』でそれぞれ第158回、第166回直木賞の候補となる。著書に『骨を彩る』『神様のケーキを頬ばるまで』『朝が来るまでそばにいる』『眠れない夜は体を脱いで』『不在』『珠玉』『まだ温かい鍋を抱いておやすみ』『草原のサーカス』『川のほとりで羽化するぼくら』などがある。

やがて海《うみ》へと届《とど》く
彩瀬《あやせ》まる

2019年２月15日第１刷発行
2022年11月14日第７刷発行

発行者――鈴木章一
発行所――株式会社　講談社
東京都文京区音羽2-12-21　〒112-8001
電話　出版（03）5395-3510
　　　販売（03）5395-5817
　　　業務（03）5395-3615

Printed in Japan

講談社文庫
定価はカバーに
表示してあります

KODANSHA

デザイン―菊地信義
本文データ制作―講談社デジタル製作
印刷―――株式会社KPSプロダクツ
製本―――株式会社KPSプロダクツ

ISBN978-4-06-514528-9

講談社文庫刊行の辞

二十一世紀の到来を目睫に望みながら、われわれはいま、人類史上かつて例を見ない巨大な転換期をむかえようとしている。

世界も、日本も、激動の予兆に対する期待とおののきを内に蔵して、未知の時代に歩み入ろうとしている。このときにあたり、創業の人野間清治の「ナショナル・エデュケイター」への志を現代に甦らせようと意図して、われわれはここに古今の文芸作品はいうまでもなく、ひろく人文・社会・自然の諸科学から東西の名著を網羅する、新しい綜合文庫の発刊を決意した。

激動の転換期はまた断絶の時代である。われわれは戦後二十五年間の出版文化のありかたへの深い反省をこめて、この断絶の時代にあえて人間的な持続を求めようとする。いたずらに浮薄な商業主義のあだ花を追い求めることなく、長期にわたって良書に生命をあたえようとつとめるところにしか、今後の出版文化の真の繁栄はあり得ないと信じるからである。

同時にわれわれはこの綜合文庫の刊行を通じて、人文・社会・自然の諸科学が、結局人間の学にほかならないことを立証しようと願っている。かつて知識とは、「汝自身を知る」ことにつきていた。現代社会の瑣末な情報の氾濫のなかから、力強い知識の源泉を掘り起し、技術文明のただなかに、生きた人間の姿を復活させること。それこそわれわれの切なる希求である。

われわれは権威に盲従せず、俗流に媚びることなく、渾然一体となって日本の「草の根」をかたちづくる若く新しい世代の人々に、心をこめてこの新しい綜合文庫をおくり届けたい。それは知識の泉であるとともに感受性のふるさとであり、もっとも有機的に組織され、社会に開かれた万人のための大学をめざしている。大方の支援と協力を衷心より切望してやまない。

一九七一年七月

野間省一

麻見和史　凪《なぎ》の残響〈警視庁殺人分析班〉
麻見和史　天空の鏡〈警視庁殺人分析班〉
麻見和史　深紅の断片〈警防課救命チーム〉
麻見和史　邪神の天秤〈警視庁公安分析班〉
麻見和史　偽神の審判〈警視庁公安分析班〉
有川　浩　三匹のおっさん
有川　浩　三匹のおっさん ふたたび
有川　浩　ヒア・カムズ・ザ・サン
有川　浩　旅猫リポート
有川ひろ　アンマーとぼくら
有川ひろ ほか　ニャンニャンにゃんそろじー
荒崎一海　門前仲町〈九頭竜覚山 浮世綴㈠〉
荒崎一海　蓬萊橋雨景〈九頭竜覚山 浮世綴㈡〉
荒崎一海　寺町哀感〈九頭竜覚山 浮世綴㈢〉
荒崎一海　小《お》名《な》木《き》川《がわ》〈九頭竜覚山 浮世綴㈣〉
荒崎一海　一色町雪花〈九頭竜覚山 浮世綴㈤〉
朱野帰《かえる》子《こ》　駅物語
朱野帰子　対岸の家事
東　浩紀　一般意志2・0〈ルソー、フロイト、グーグル〉

朝倉宏景　白球アフロ
朝倉宏景　野球部ひとり
朝倉宏景　つよく結べ、ポニーテール
朝倉宏景　あめつちのうた
朝井リョウ　スペードの3
朝井リョウ　世にも奇妙な君物語
有沢ゆう希　末次由紀 原作　〈小説〉ちはやふる 上の句
有沢ゆう希　末次由紀 原作　〈小説〉ちはやふる 下の句
有沢ゆう希　末次由紀 原作　ちはやふる 結び
有沢ゆう希　小説 パーフェクトワールド〈君といる奇跡〉
有沢ゆう希　原作：金田一蓮十郎　脚本：徳永友一　小説 ライアー×ライアー
秋川滝美　幸《こう》腹《ふく》な百貨店
秋川滝美　幸腹な百貨店〈デパ地下おにぎり騒動〉
秋川滝美　幸腹な百貨店〈催事場で蕎麦屋呑み〉
秋川滝美　マチのお気楽料理教室
秋川滝美　ヒソップ亭〈湯けむり食事処〉
赤神　諒　神遊の城
赤神　諒　大友二階崩れ
赤神　諒　大友落月記

赤神　諒　酔象の流儀 朝倉盛衰記
赤神　諒　空《うつせ》貝《がい》〈村上水軍の神姫《しんき》〉
赤神　諒　立花三将伝
彩瀬まる　やがて海へと届く
浅生　鴨　伴走者
天野純希　有楽斎の戦
天野純希　雑賀《さいか》のいくさ姫《ひめ》
青木祐子　コーチ！〈はげまし屋・立花ことりのクライアントファイル〉
秋《あき》保《う》水《すい》菓《か》　コンビニなしでは生きられない
相沢沙呼　medium《メディウム》 霊媒探偵城塚《じょうづか》翡翠《ひすい》
新井見枝香　本屋の新井
碧野　圭　凜として弓を引く
赤松利市　東京棄民
五木寛之　ソフィアの秋
五木寛之　狼のブルース
五木寛之　海峡物語
五木寛之　風花のひと
五木寛之　鳥の歌 (上)(下)
五木寛之　燃える秋

講談社文庫　目録

五木寛之　真夜中の望遠鏡〈流されゆく日々'78〉
五木寛之　ナホトカ青春航路〈流されゆく日々'79〉
五木寛之　旅の幻燈
五木寛之　他力
五木寛之　こころの天気図
五木寛之　新装版 恋歌
五木寛之　百寺巡礼 第一巻 奈良
五木寛之　百寺巡礼 第二巻 北陸
五木寛之　百寺巡礼 第三巻 京都Ⅰ
五木寛之　百寺巡礼 第四巻 滋賀・東海
五木寛之　百寺巡礼 第五巻 関東・信州
五木寛之　百寺巡礼 第六巻 関西
五木寛之　百寺巡礼 第七巻 東北
五木寛之　百寺巡礼 第八巻 山陰・山陽
五木寛之　百寺巡礼 第九巻 京都Ⅱ
五木寛之　百寺巡礼 第十巻 四国・九州
五木寛之　海外版 百寺巡礼 インド1
五木寛之　海外版 百寺巡礼 インド2
五木寛之　海外版 百寺巡礼 朝鮮半島

五木寛之　海外版 百寺巡礼 中国
五木寛之　海外版 百寺巡礼 ブータン
五木寛之　海外版 百寺巡礼 日本・アメリカ
五木寛之　青春の門 第七部 挑戦篇
五木寛之　青春の門 第八部 風雲篇
五木寛之　青春の門 第九部 漂流篇
五木寛之　親鸞 青春篇(上)(下)
五木寛之　親鸞 激動篇(上)(下)
五木寛之　親鸞 完結篇(上)(下)
五木寛之　五木寛之の金沢さんぽ
五木寛之　海を見ていたジョニー 新装版
井上ひさし　モッキンポット師の後始末
井上ひさし　ナイン
井上ひさし　四千万歩の男 全五冊
井上ひさし　四千万歩の男 忠敬の生き方
井上ひさし・司馬遼太郎　新装版 国家・宗教・日本人
池波正太郎　私の歳月
池波正太郎　よい匂いのする一夜
池波正太郎　梅安料理ごよみ

池波正太郎　わが家の夕めし
池波正太郎　新装版 緑のオリンピア
池波正太郎　新装版 殺しの四人〈仕掛人・藤枝梅安(一)〉
池波正太郎　新装版 梅安蟻地獄〈仕掛人・藤枝梅安(二)〉
池波正太郎　新装版 梅安最合傘〈仕掛人・藤枝梅安(三)〉
池波正太郎　新装版 梅安針供養〈仕掛人・藤枝梅安(四)〉
池波正太郎　新装版 梅安乱れ雲〈仕掛人・藤枝梅安(五)〉
池波正太郎　新装版 梅安影法師〈仕掛人・藤枝梅安(六)〉
池波正太郎　新装版 梅安冬時雨〈仕掛人・藤枝梅安(七)〉
池波正太郎　新装版 忍びの女(上)(下)
池波正太郎　新装版 殺しの掟
池波正太郎　新装版 抜討ち半九郎
池波正太郎　新装版 娼婦の眼
池波正太郎　近藤勇白書(上)(下)〈レジェンド歴史時代小説〉
井上靖　楊貴妃伝
石牟礼道子　新装版 苦《く》海《がい》浄《じょう》土《ど》〈わが水俣病〉
いわさきちひろ　ちひろのことば
いわさきちひろ・松本猛　いわさきちひろの絵と心
いわさきちひろ絵本美術館編　ちひろ・子どもの情景〈文庫ギャラリー〉

講談社文庫　目録

大沢在昌　夢の島
大沢在昌　新装版 氷の森
大沢在昌　暗黒旅人
大沢在昌　新装版 走らなあかん、夜明けまで
大沢在昌　新装版 涙はふくな、凍るまで
大沢在昌　語りつづけろ、届くまで
大沢在昌　罪深き海辺 (上)(下)
大沢在昌　やぶへび
大沢在昌　海と月の迷路 (上)(下)
大沢在昌　鏡の顔 〈傑作ハードボイルド小説集〉
大沢在昌　覆面作家
大沢在昌　ザ・ジョーカー 新装版
大沢在昌　亡命者 〈ザ・ジョーカー　新装版〉
大沢在昌／藤田宜永／堂場瞬一／井上夢人／今野敏／月村了衛／東山彰良　激動　東京五輪1964
逢坂剛　十字路に立つ女
逢坂剛　奔流恐るるにたらず 〈重蔵始末(八)完結篇〉
逢坂剛　新装版 カディスの赤い星 (上)(下)
オノ・ヨーコ／飯村隆彦 編　ただの私《あたし》
オノ・ヨーコ／南風椎 訳　グレープフルーツ・ジュース

折原一　倒錯の帰結
折原一　倒錯のロンド 〈完成版〉
小川洋子　ブラフマンの埋葬
小川洋子　最果てアーケード
小川洋子　琥珀のまたたき
小川洋子　密やかな結晶 〈新装版〉
乙川優三郎　霧の橋
乙川優三郎　喜知次
乙川優三郎　蔓の端々
乙川優三郎　夜の小紋
恩田陸　三月は深き紅の淵を
恩田陸　麦の海に沈む果実
恩田陸　黒と茶の幻想 (上)(下)
恩田陸　黄昏の百合の骨
恩田陸　『恐怖の報酬』日記 〈酩酊混乱紀行〉
恩田陸　きのうの世界 (上)(下)
恩田陸　七月に流れる花／八月は冷たい城
奥田英朗　新装版 ウランバーナの森
奥田英朗　最悪

奥田英朗　マドンナ
奥田英朗　ガール
奥田英朗　サウスバウンド
奥田英朗　オリンピックの身代金 (上)(下)
奥田英朗　ヴァラエティ
奥田英朗　邪魔 (上)(下) 〈新装版〉
乙武洋匡　五体不満足 〈完全版〉
大崎善生　聖《さとし》の青春
大崎善生　将棋の子
小川恭一　江戸の旗本事典 〈歴史・時代小説ファン必携〉
奥泉光　プラトン学園
奥泉光　シューマンの指
奥泉光　ビビビ・ビ・バップ
折原みと　制服のころ、君に恋した。
折原みと　時《とき》の輝き
折原みと　幸福のパズル
大城立裕　小説 琉球処分 (上)(下)
太田尚樹　満州裏史 〈甘粕正彦と岸信介が背負ったもの〉
太田尚樹　世紀の愚行 〈太平洋戦争・日米開戦前夜〉

大島真寿実　ふじこさん
大泉康雄　あさま山荘銃撃戦の深層(上)(下)
大山淳子　猫弁〈天才百瀬とやっかいな依頼人たち〉
大山淳子　猫弁と透明人間
大山淳子　猫弁と指輪物語
大山淳子　猫弁と少女探偵
大山淳子　猫弁と魔女裁判
大山淳子　猫弁と星の王子
大山淳子　猫弁と鉄の女
大山淳子　雪　猫
大山淳子　イーヨくんの結婚生活
大倉崇裕　小鳥を愛した容疑者
大倉崇裕　蜂に魅《ひ》かれた容疑者〈警視庁いきもの係〉
大倉崇裕　ペンギンを愛した容疑者〈警視庁いきもの係〉
大倉崇裕　クジャクを愛した容疑者〈警視庁いきもの係〉
大倉崇裕　アロワナを愛した容疑者〈警視庁いきもの係〉
大鹿靖明　メルトダウン〈ドキュメント福島第一原発事故〉
荻原　浩　砂の王国(上)(下)
荻原　浩　家族写真

小野正嗣　九年前の祈り
大友信彦　オールブラックスが強い理由〈世界最強チーム勝利のメソッド〉
乙　一　銃とチョコレート
織守《おりがみ》きょうや　霊感検定
織守きょうや　霊感検定〈心霊アイドルの憂鬱〉
織守きょうや　霊感検定〈春にして君を離れ〉
織守きょうや　少女は鳥籠《とりかご》で眠らない
おーなり由子　きれいな色とことば
岡崎琢磨　病弱探偵〈謎は彼女の特効薬〉
小野寺史宜《ふみのり》　その愛の程度
小野寺史宜　近いはずの人
小野寺史宜　それ自体が奇跡
小野寺史宜　縁《ゆかり》
大崎　梢　横濱エトランゼ
太田哲雄　アマゾンの料理人〈世界一の"美味しい"を探して僕が行き着いた場所〉
小竹正人　空に住む
岡本さとる　駕籠屋《かごや》春秋　新三《しんざ》と太十《たじゅう》
岡本さとる　質屋の娘〈駕籠屋春秋　新三と太十〉
岡本さとる　雨やどり〈駕籠屋春秋　新三と太十〉

岡崎大五　食べるぞ!世界の地元メシ
荻上直子　川っぺりムコリッタ
海音寺潮五郎　新装版　江戸城大奥列伝
海音寺潮五郎　新装版　孫子(上)(下)
海音寺潮五郎　新装版　赤穂義士
加賀乙彦　新装版　高山右近
加賀乙彦　ザビエルとその弟子
加賀乙彦　殉教者
加賀乙彦　わたしの芭蕉
柏葉幸子　ミラクル・ファミリー
勝目　梓　小説家
桂　米朝　米朝ばなし〈上方落語地図〉
笠井　潔　梟《ふくろう》の巨《おお》なる黄昏《たそがれ》
笠井　潔　青銅の悲劇〈瀕死の王〉(上)(下)
笠井　潔　転生の魔〈私立探偵飛鳥井の事件簿〉
川田弥一郎　白く長い廊下
神崎京介　女薫の旅　放心とろり
神崎京介　女薫の旅　耽溺《たんでき》まみれ
神崎京介　女薫の旅　秘に触れ

神崎京介　女薫の旅　禁の園へ
神崎京介　女薫の旅　欲の極み
神崎京介　女薫の旅　青い乱れ
神崎京介　女薫の旅　奥に裏に
神崎京介　I LOVE
加納朋子　ガラスの麒麟〈新装版〉
角田光代　まどろむ夜のUFO
角田光代　恋するように旅をして
角田光代　人生ベストテン
角田光代　ロック母
角田光代　彼女のこんだて帖
角田光代　ひそやかな花園
川端裕人　せちやん〈星を聴く人〉
川端裕人　星と半月の海
片川優子　ジョナさん
神山裕右　カタコンベ
神山裕右　炎の放浪者
加賀まりこ　純情ババァになりました。
門田隆将　甲子園への遺言〈伝説の打撃コーチ高畠導宏の生涯〉

門田隆将　甲子園の奇跡〈斎藤佑樹と早実百年物語〉
門田隆将　神宮の奇跡
鏑木蓮　東京ダモイ
鏑木蓮　屈折光
鏑木蓮　時限
鏑木蓮　真友
鏑木蓮　甘い罠
鏑木蓮　京都西陣シェアハウス〈憎まれ天使・有村志穂〉
鏑木蓮　炎罪
鏑木蓮　疑薬
川上未映子　そら頭はでかいです、世界がすこんと入ります
川上未映子　わたくし率 イン 歯ー、または世界
川上未映子　ヘヴン
川上未映子　すべて真夜中の恋人たち
川上未映子　愛の夢とか
川上弘美　ハヅキさんのこと
川上弘美　晴れたり曇ったり
川上弘美　大きな鳥にさらわれないよう
海堂尊　新装版 ブラックペアン1988

海堂尊　ブレイズメス1990
海堂尊　スリジエセンター1991
海堂尊　死因不明社会2018
海堂尊　極北クレイマー2008
海堂尊　極北ラプソディ2009
海堂尊　黄金地球儀2013
門井慶喜　パラドックス実践　雄弁学園の教師たち
門井慶喜　銀河鉄道の父
梶よう子　迷子石
梶よう子　ふくろう
梶よう子　ヨイ豊《とよ》
梶よう子　立身《りっしん》いたしたく候《そうろう》
梶よう子　北斎まんだら
川瀬七緒　よろずのことに気をつけよ
川瀬七緒　法医昆虫学捜査官
川瀬七緒　シンクロニシティ〈法医昆虫学捜査官〉
川瀬七緒　水《みな》底《そこ》の棘《とげ》〈法医昆虫学捜査官〉
川瀬七緒　メビウスの守護者〈法医昆虫学捜査官〉
川瀬七緒　潮騒のアニマ〈法医昆虫学捜査官〉

講談社文庫　目録

桐野夏生　新装版 天使に見捨てられた夜
桐野夏生　新装版 ローズガーデン
桐野夏生　ＯＵＴ　(上)(下)
桐野夏生　ダーク　(上)(下)
桐野夏生　猿の見る夢
京極夏彦　文庫版 姑獲鳥《うぶめ》の夏
京極夏彦　文庫版 魍魎《もうりょう》の匣《はこ》
京極夏彦　文庫版 狂骨《きょうこつ》の夢《ゆめ》
京極夏彦　文庫版 鉄鼠《てっそ》の檻《おり》
京極夏彦　文庫版 絡新婦《じょろうぐも》の理《ことわり》
京極夏彦　文庫版 塗仏《ぬりぼとけ》の宴《うたげ》―宴の支度
京極夏彦　文庫版 塗仏の宴―宴の始末
京極夏彦　文庫版 百鬼夜行―陰
京極夏彦　文庫版 百器徒然袋―雨
京極夏彦　文庫版 百器徒然袋―風
京極夏彦　文庫版 今昔続百鬼―雲
京極夏彦　文庫版 陰摩羅鬼《おんもらき》の瑕《きず》
京極夏彦　文庫版 邪魅《じゃみ》の雫
京極夏彦　文庫版 今昔百鬼拾遺―月

京極夏彦　文庫版 死ねばいいのに
京極夏彦　文庫版 ルー＝ガルー〈忌避すべき狼〉
京極夏彦　文庫版 ルー＝ガルー2〈インクブス×スクブス 相容れぬ夢魔〉
京極夏彦　文庫版 地獄の楽しみ方
京極夏彦　分冊文庫版 姑獲鳥《うぶめ》の夏　(上)(下)
京極夏彦　分冊文庫版 魍魎《もうりょう》の匣《はこ》　(上)(中)(下)
京極夏彦　分冊文庫版 狂骨《きょうこつ》の夢《ゆめ》　(上)(中)(下)
京極夏彦　分冊文庫版 鉄鼠《てっそ》の檻《おり》　全四巻
京極夏彦　分冊文庫版 絡新婦《じょろうぐも》の理《ことわり》　全四巻
京極夏彦　分冊文庫版 塗仏《ぬりぼとけ》の宴《うたげ》　宴の支度《したく》　(上)(中)(下)
京極夏彦　分冊文庫版 塗仏《ぬりぼとけ》の宴《うたげ》　宴の始末《しまつ》　(上)(中)(下)
京極夏彦　分冊文庫版 陰摩羅鬼《おんもらき》の瑕《きず》　(上)(中)(下)
京極夏彦　分冊文庫版 邪魅《じゃみ》の雫　(上)(中)(下)
京極夏彦　分冊文庫版 ルー＝ガルー〈忌避すべき狼〉(上)(下)
京極夏彦　分冊文庫版 ルー＝ガルー2〈インクブス×スクブス 相容れぬ夢魔〉(上)(下)
北森　鴻　親不孝通りラプソディー
北森　鴻　花の下にて春死なむ〈香菜里屋シリーズ1〈新装版〉〉
北森　鴻　桜　宵〈香菜里屋シリーズ2〈新装版〉〉
北森　鴻　螢　坂〈香菜里屋シリーズ3〈新装版〉〉

北森　鴻　香菜里屋を知っていますか〈香菜里屋シリーズ4〈新装版〉〉
北村　薫　盤上の敵〈新装版〉
木内一裕　藁　の　楯
木内一裕　水の中の犬
木内一裕　アウト＆アウト
木内一裕　キ　ッ　ド
木内一裕　デッドボール
木内一裕　神様の贈り物
木内一裕　喧　嘩　猿
木内一裕　バードドッグ
木内一裕　不　愉　快　犯
木内一裕　嘘ですけど、なにか？
木内一裕　ドッグレース
木内一裕　飛べないカラス
北山猛邦　『クロック城』殺人事件
北山猛邦　『アリス・ミラー城』殺人事件
北山猛邦　私たちが星座を盗んだ理由
北山猛邦　さかさま少女のためのピアノソナタ
北　康利　白洲次郎 占領を背負った男　(上)(下)

2022年 9月 15日現在